AF287089

Lili Stollowsky

Süßes Schnitzel Winnifred

Die Deutsche Nationalbibliothek verzeichnet diese Publi-
kation in der Deutschen Nationalbibliografie; detaillierte
Daten sind im Internet über http://dnb.d-nb.de abrufbar.

1. Auflage

©2017 Lili Stollowsky
Herstellung und Verlag:
BoD – Books on Demand, Norderstedt

ISBN: 9 7838 4822 9680

Gewidmet dem dicken Bruno
und seinen 58.000.000 Geschwistern,
die alleine in Deutschland
jedes Jahr gepflückt werden.

Ähnlichkeiten
mit lebenden und/oder verstorbenen
Hauptpersonen sind in diesem Buch beabsichtigt.

 »Oh Mann, ist das verdammt eng hier.«

Seit Stunden wurde der Kleine vorwärtsgeschoben und rhythmisch zusammengequetscht. Es war dunkel.

Drei Monate, drei Wochen und drei Tage war er, von einer zarten Blase umhüllt, vor sich hin gewachsen und nichts hatte ihn eingeengt. Er strampelte mit seinen Beinchen. Gerade aber schob ihn die Kraft wieder vorwärts und die Beine wurden ihm an den Leib gedrückt. Er konnte nichts dagegen tun.

»Was ist das bloß für ein Mist«, dachte er und fragte sich, ob seine Brüder und Schwestern genauso zusammengequetscht und vorwärtsgeschoben wurden. Er wusste schon länger, dass er Geschwister hatte. Sie lebten auch in so einer Blase wie er. Die letzten Tage hatten sie sich die Zeit damit vertrieben, sich gegenseitig zu treten.

Es wurde noch dunkler. Langsam bekam er Angst.

Irgendetwas war anders als bisher. Ganz und gar und entschieden anders.

Jetzt wurde er in einen engen Tunnel geschoben. Dass so etwas passieren würde, hätte er sich niemals vorstellen können.

Er bekam kaum mehr Luft. Und Luft hatte er in seinem bisherigen Leben immer genug bekommen, aber die Astronautenschnur, wie er den silbernen Schlauch an seinem Bäuchlein bei sich nannte, wurde nun auch eingequetscht.

Die Geschwister mit ihren tretenden Füßen waren verschwunden. Er war allein.

Die Kraft wurde stärker und stärker. Er wehrte sich, aber schon war er mitten im Tunnel und eingeschnürt wie ein zu fest gebundenes Paket. Oben und unten und rechts und links, überall nur schwarzer Tunnel. Kein Entkommen.

»Das war´s dann wohl«, dachte er, und dann dachte er noch kurz an eine Sehnsucht, die ihn schon immer begleitete. Er sehnte sich mit seinem ganzen kleinen Herzen nach seiner Mami. Er kannte sie zwar noch nicht, aber er wollte sie so gerne kennen lernen. Er versuchte noch nach ihr zu rufen, aber mittlerweile waren auch seine Lungen eingequetscht.

Jetzt hatte er richtig Angst. Er wollte nicht sterben, doch die Kraft schob ihn unaufhörlich weiter und weiter und plötzlich platzte die zarte Blase, warmes süßes Wasser rann ihm über die rosafarbene Haut und lauthals quiekend begrüßte er die Welt.

»Da bist Du ja endlich, Winnifred«, sagte seine Mami. »Ich habe mich schon so nach Dir gesehnt.«

»Was war das denn für eine Höllenfahrt«, wollte Winnie sagen, aber seine Lungen waren noch nicht fertig entfaltet und so hörte man nur ein zartes Grunzen.

Er lag auf dem Boden. Die silberne Schnur war abgerissen und er konnte seine Beine wieder bewegen. Es war kalt.

Seine Geschwister waren auch wieder da. »Oink, oink, oink«, erzählten die zehn vor ihm Geborenen und waren schon dabei, sich auf ihre Füße zu stellen. »Ihr wart das, die mich getreten habt«, wollte Winnie sagen, aber seine Stimme war von dem Gequetsche noch ramponiert und deshalb beschloss er, erstmal die Klappe zu halten.

Zwei der Geschwister erzählten nichts und versuchten

auch nicht, sich auf die Füße zu stellen. Sie lagen da als ob sie schliefen. Als ob sie für immer schlafen wollten. Mami stand auf und versuchte, sie mit der Nase anzustupsen, um sie aufzuwecken, aber Mami kam mit ihrer Nase nicht an sie heran.

»Ich glaube, die sind hin«, sagte ein ziemlich dicker Bursche.

»Nein, Theo, die müssen sich nur erholen«, sagte Mami, »bisher haben alle meine Kinder überlebt.« Mami hatte eine wunderbare Stimme. So weich und zärtlich wie das süße warme Wasser in der Blase.

»Nee, die sind hin«, erwiderte Theo, der schon auf seinen vier Füßchen stand. Theo war der Erstgeborene.

Mami versuchte, sich umzudrehen. Sie war mit ihrem Körper in einem engen Metallkäfig festgeklemmt. »Dieser blöde Ferkelschutzkorb, der bringt mich irgendwann noch um meinen Verstand«, murmelte sie und versuchte wieder, sich umzudrehen, um die zwei Schlafenden zu wecken. Es ging nicht. Der Käfig verhinderte es. Im Ferkelschutzkorb konnte sie nur aufstehen und sich hinlegen. Mehr nicht. Umdrehen war ihr nicht möglich.

Mami legte sich seufzend wieder hin. »Hoffentlich kommt bald das Mensch und guckt nach den beiden.«

Theo hatte sich in Bewegung gesetzt. Er suchte etwas. Er stakste im Halbdunkel am Rücken der Mutter entlang, um vorne an Mamis Nase vorbeizukommen, denn sie wollte nach der Geburt immer alle ihre Kinder genau beschnüffeln, um sie kennen zu lernen.

Auch Lisbeth, die Zweitgeborene, hatte sich in Bewegung gesetzt. Und Bruno, Peterle, Carlo, Sissy, Theresa, Pit, Prinzessa und Adele ebenfalls.

Winnifred dachte, dass er sich besser auch in Bewegung setzen sollte, sortierte seine Beine, nieste den letzten Schleim aus seinen Lungen und stand auf. Wackelig zwar, aber auf seinen vier Füßen. Er suchte auch etwas.

Der Rücken von Mami war sehr lang. Winnie rutschte ein paar Mal aus. Der Boden war irgendwie komisch. Kalt, glatt und rutschig. Es war nicht leicht, darauf zu laufen, vor allem, wenn man gerade erst laufen gelernt hatte.

Theo war schon um die Ecke von Mamis Kopf verschwunden. Er war nicht mehr zu sehen. Auch vom Rest der Geschwister sah Winnie nur noch wackelnde Ringelschwänzchen.

Er gab sich Mühe, und da war endlich Mami. »Hallo mein kleiner Schatz, mein Engel, mein Letztgeborener«, raunte sie ihm ins Ohr, »willkommen auf der Welt.«

»Hallo Mami, ich hab Dich auch lieb.« Ihre dicke Nase pustete ihm warmen Atem ins Gesicht und drückte ihm liebevoll einen Kuss auf die weiche Stirn.

Winnie blickte zurück und sah die noch schlafenden Geschwister. »Was ist ein Ferkelschutzkorb?«, dachte er.

Mami hatte sich mittlerweile auf die Seite gelegt.

»Hey Leute, kommt alle mal her. Ich hab was Cooles gefunden.«

Winnie wurde von Theos lauter Stimme aus seinen Gedanken gerissen. »Oink, oink, oink«, auch Lisbeth, Bruno, Peterle, Carlo, Sissy, Theresa, Pit und Adele schienen etwas gefunden zu haben.

»Wie cool ist das denn? Wer hat das da hingetan? Wofür ist das? «, hörte er sie aufgeregt grunzen, und dann hörte er wütendes Quietschen, Quieken und wildes Streiten, als ob ein Handgemenge entstanden sei, ein ordentlicher Geschwisterstreit.» Die gehört mir. Nein, die gehört mir, ich hab sie zuerst gefunden, such Dir selber eine. Such Du Dir doch eine, Du Blödmann.« Undsoweiterundsoweiter. Wie Geschwister eben immer so streiten.

Dann war plötzlich Ruhe. Nur Prinzessa stand noch bei ihm.

»Ich mag keinen Streit«, sagte sie und wollte an Mamis Rücken entlang zurückgehen. »Prinzessa!« Mamis Stimme konnte nicht nur zärtlich sein. »Komm sofort zurück und geh trinken!« Prinzessa machte auf dem Absatz kehrt und stand wieder bei Winnie.

»Los, geht jetzt und sucht Euren Platz. Ist ja genug für alle da.« Jetzt war Mamis Stimme wieder weich.

Prinzessa stupste Winnie mit ihrem Rüssel in den Po. »Na gut«, sagte sie, »komm, kleiner Bruder.«

Als die zwei an Mamis Bauch angekommen waren, sahen sie im Halbdunkel die Geschwister nebeneinander auf dem kalten Boden liegen. Alle Neune hatten sich an Mamis Zitzen festgesaugt.

»Hey Mann, lass mich in Ruhe trinken«, schrie Theo, als Winnifred eine der freien Zitzen packen wollte. »Das ist meine. Ich war zuerst hier.« Vor lauter Aufregung war ihm die Zitze aus dem Mäulchen gerutscht.

»Du Blödmann, Mami hat gesagt, dass genug Platz für alle ist.«

»Selber Blödmann.« Theo schnappte nach Winnie.

Prinzessa hatte sich zwischen Bruno, Pit und Sissy gequetscht und wieder setzte das wütende Quieken und Quietschen und Streiten ein, bis der ganze Haufen Ferkel, nuckelnd, schmatzend und eifrig mit den Beinen tretend, an Mamis Bauch lag.

»Oh Mann, ist das lecker«, dachte Winnie, und dann fielen ihm die noch schlafenden Geschwister ein und er dachte, dass auf jeden Fall noch Platz an den Zitzen wäre, wenn sie aufwachen würden, und dann dachte er nichts mehr und wurde furchtbar müde.

Winnie träumte. Er träumte von dem schwarzen Tunnel und seine Beine zuckten im Schlaf. Er träumte, dass es hell wurde und hörte eine fremde Stimme sagen: »Die zwei Ferkel sind hin, schaff sie weg auf den Müll.« Weit entfernt hörte er Mami leise weinen. Er träumte, dass es wieder dunkel wurde und seine Beine zuckten im Schlaf.

Plötzlich wurde er wach. Theo hatte ihn in die Schulter geboxt. »Hey Mann, Schlafmütze, steh auf. Lass uns mal gucken gehen, was es hier sonst noch Cooles gibt.«
Winnie hätte zwar gerne noch weitergeschlafen, aber seinem großen Bruder konnte er nicht widersprechen.
»O.K. Lass uns gucken gehen.«
Neugierig kletterten sie über ihre Geschwister, was das Quieken, Quietschen und Streiten von vorne anfangen ließ. »Du Blödmann. Lass mich schlafen. Selber Blödmann.«
Theo stolzierte voraus. Winnie hinterher.
Zehn Schritte vorwärts. Eine Wand aus Metallgittern.
Zehn Schritte links und rechts. Eine Wand aus Gittern.
»Hier gibt´s ja gar nichts«, sagte Theo und setzte sich auf seinen niedlichen rosafarbenen Po. »Was sollen wir denn hier spielen?«
»Lass uns doch um Mami herumgehen. Wir finden bestimmt noch was zum Spielen.«

Winnie lief in Richtung Mamis Po.

Wieder zehn Schritte. Wieder eine Wand aus Gittern.

Und die seit der Geburt schlafenden Geschwister waren auch weg.

Winnie lief an Mamis Rücken entlang, den Weg kannte er schon, zu Mamis Kopf. Theo hinterher.

»Hallo, Ihr zwei Kleinen.« Jeder bekam einen Kuss auf den Rüssel.

»Wir suchen was zum Spielen.« Theo wollte keinen Kuss.

»Mami, wo sind die beiden Geschwister, die noch nicht aufgewacht waren?«, fragte Winnie.

»Das Mensch war da und hat sie mitgenommen.«

»Was ist das, mitgenommen?«

»Mitgenommen ist weggetragen.«

»Bestimmt kommen sie bald wieder zurück.«

Winnie spürte, dass Mami traurig war.

»Kein Kind ist jemals zurückgekommen, nachdem es weggetragen wurde.«

Winnie spürte, dass Mami sehr traurig war.

»Ich habe schon mehr Kinder geboren. Alle haben sie gelebt und sind mir nach wenigen Wochen weggenommen worden.«

Winnie verstand nicht, worüber Mami sprach.

Theo stand zehn Schritte entfernt und runzelte die Stirn. »Was ist HappyPig?«, fragte er.

Winnie lief zu ihm, drehte sich um und sah noch eine Wand, eine kleinere, eine mit Buchstaben. Die anderen Gitterwände hatten keine Buchstaben. Nur die Wand, die genau vor Mamis Kopf hing.

»Die Wand ist genau vor Deinem Kopf«, sagte Winnie.

»Das hat das Mensch da hin getan.«

»Warum macht das Mensch eine Wand vor Deinen Kopf? Du kannst doch nach vorne gar nichts sehen.«

»Das ist ein Sichtschutz gegen Bissverschleiß«, antwortete Mami.

»Was ist denn nun HappyPig?« Theo ließ nicht locker.

»Was ist Bissverschleiß?«, fragte Winnie. Er war kaum drei Stunden auf der Welt und hatte schon lauter Wörter gehört, die er nicht verstand. Ferkelschutzkorb. Mitgenommen. Bissverschleiß. Das Mensch.

»HappyPig ist Reklame. Auf dem Sichtschutz ist Reklame von der Fabrik, die den Metallkäfig gebaut hat. Was Bissverschleiß ist, weiß ich nicht. Wahrscheinlich soll ich nicht in die Stangen meines Käfigs beißen. Ich will doch überhaupt nicht beißen. Ich will mich umdrehen. Ich kann mich nicht umdrehen und Euch beim Geborenwerden helfen. Ich bin hier im Ferkelschutzkorb eingeklemmt. Ich kann aufstehen und mich hinlegen. Mehr nicht. Und ich kann nach vorne nichts sehen.«

Winnie spürte, dass in Mami etwas zerbrochen war. Schon lange zerbrochen war. Er wollte nicht mehr wissen, was Bissverschleiß bedeutete.

»Ja, aber, was ist denn jetzt HappyPig, Mama?«

»Ach Theo, woher soll ich das denn wissen.« Mami war müde. »Geht zurück und trinkt ein bisschen Milch«, sagte sie und rückte ihren schmerzenden Rücken zurecht. »Spielzeug gibt es für Euch in der Abferkelbox nicht. Tut mir leid«, sagte sie noch.

»Was ist eine Abferkelbox?«, fragte Theo.

»Der Gitterstall, in dem wir hier sind«, erwiderte Mami, »ich bin im Ferkelschutzkorb und das rund um uns herum ist die Abferkelbox.«

»Ich gehe nicht in eine Abferkelbox. Auch nicht, wenn ich groß bin.«

Mami musste lachen. »Du gehst nie in die Abferkelbox, Theo, Du bist doch ein Junge. Nur Mamis gehen da rein.«

Winnie und Theo lagen zwischen den anderen Ferkeln. Sie hatten wieder getrunken und waren eingeschlafen.

Winnie träumte. Er träumte, dass er festgeklemmt war und nach vorne nichts sehen konnte und seine Beine zuckten im Schlaf. Er träumte, dass es hell wurde und hörte eine fremde Stimme sagen: »Mach das Ding an«, und dann träumte er, dass es wieder dunkel wurde.

Diesmal war es Prinzessa, die ihn in die Schulter boxte. »Winnie, steh auf und komm gucken. Da ist was Neues«, sagte sie und stupste ihn mit ihrem Rüssel in den Po.

Winnie hatte ausgeschlafen. »Wo, wie was Neues?«

Die Geschwister standen in einer Ecke der Abferkelbox und staunten nach oben.

Genau über ihnen hing eine Sonne. Eine rote warme helle Sonne.

»Das hat das Mensch da hingehängt.« Theo wusste wie immer über alles Bescheid.

Diese Sonne war herrlich. Die Geschwister drängelten und schubsten sich um den besten Platz. Ihre Äuglein, die bislang nur Halbdunkel kannten, glänzten in dem sanften roten Licht. Wohlig warm kuschelten sie sich aneinander.

»Habt Ihr die Wärmelampe gefunden?« Mami konnte sie zwar nicht sehen, weil sie sich nicht umdrehen konnte, aber sie spürte die Helligkeit und Wärme, die in die Leiber ihrer Ferkel zog. »So ist es gut«, sagte sie, »kuschelt Euch aneinander und schlaft. Dann könnt Ihr gut wachsen und groß und stark werden.«

»Mami?«

»Ja, Winnie?«

»Hast Du auch eine Sonne?«

»Nein, ich habe keine Sonne.«

»Warum hast Du keine Sonne?«

»Als ich klein war, hatte ich auch eine Sonne. Jetzt bin ich groß und stark und brauche keine Sonne mehr.«

»Frierst Du nicht?«

»Nein, Winnie, ich friere nicht. Ich habe viel Speck.«

Speck. Schon wieder so ein unverständliches Wort.

»Was ist Speck, Mami?«

»Speck ist das, was ich habe und das, was das Mensch von mir haben will«, erklärte Mami, aber Winnie war schon eingeschlafen.

»Hau ab, Du Blödmann, das ist meine. Nein, meine. Ich war zuerst hier. Nein, ich war zuerst, such Dir doch selber eine.«

Winnie erwachte von dem mittlerweile üblichen Geschrei und Gequieke um den besten Platz an den Zitzen.

Die Geschwister waren fort. Er lag allein unter der Lampe.

Und weil kleine Ferkel nichts mehr fürchten als das Alleinesein, rannte er so schnell er konnte und Rennen auf diesem komischen glatten Boden überhaupt möglich war, auch zu Mamis Bauch.

Die Geschwister waren schon wieder am Nuckeln.

»Hey Mann, lass mich in Ruhe trinken«, schrie Theo, als Winnifred eine der freien Zitzen packen wollte.

»Mami hat gesagt, dass genug Platz für alle ist.«

»Mami hinten, Mami vorne, Mami hat gesagt. Was bist Du nur für ein Mamikind!« Theo schnappte nach Winnie.

»Mami hat aber gesagt …«

»Hört endlich auf zu streiten, Kinder. Es ist genug für alle da. Vierzehn Zitzen für elf Ferkel. Da werdet Ihr wohl satt werden.«

Winnie zählte. Tatsächlich vierzehn Zitzen. Sieben hier und sieben da. Schön in zwei Reihen angeordnet. Mami hatte Recht.

»Außerdem seid Ihr jetzt alt genug, um zu lernen, dass jeder von Euch eine eigene Zitze hat. Sucht Euch also eine aus.«

»Ich nehme die hier.« Theo schnappte sich die Zitze direkt vorne, dicht an Mamis Herzen. »Die gehört ab sofort mir und da geht keiner mehr dran, verstanden!«

»Du hast die Beste, Du Blödmann.«

»Selber Blödmann.«

»Ich nehme die. Nein, ich will die. Immer muss ich die Schlechte nehmen. Ich will aber die.« Wieder gab es Streit und Gequietsche.

Winnie, der Letztgeborene, durfte erst als letzter aussuchen. Weil aber nur vier Zitzen zum Aussuchen übrig waren, nahm er einfach irgendeine. Mami hat gesagt, dass genug für alle da ist, dachte er, und dann fielen ihm die zwei Geschwister ein, die das Mensch mitgenommen hatte und die vielleicht bald zurückkommen würden und er war froh, dass auf jeden Fall noch genügend Plätze zum Trinken an Mamis Bauch frei waren.

Beim genüsslichen Nuckeln überlegte er, warum Theo eigentlich lesen konnte und er nicht. Er ließ seine Zitze los.

»Wieso kannst Du lesen, Theo?«, fragte er. »Wann hast Du das gelernt?«

»Wieso kannst Du rechnen?«, fragte Theo zurück.

Winnie träumte. Er träumte, dass Mami ihren Sichtschutz zerbiss, den Metallkäfig umwarf und davonrannte. Er träumte, dass sie auf einer Wiese stand, ohne zu wissen, was eine Wiese ist. Sie hatte nämlich noch nie eine Wiese gesehen. Hinter Mami her rannte das Mensch und wollte ihren Speck. Ich will Deinen Speck, Deinen Speck, schrie das Mensch in Winnies Traum und Winnie bekam Angst. Er wachte auf.

Alles war still. Alle schliefen. Auch Mami in ihrem eisernen Ferkelschutzkorb.

Winnie lag im Halbdunkel und dachte an das Mensch. Gab es das überhaupt? Er hatte noch keines gesehen. Was mag das sein, das Mensch? In seinem Traum hatte es ausgesehen, als ob es nur auf zwei statt auf vier Beinen laufen würde. Es sah nicht besonders groß und stark aus. Mami war bestimmt doppelt so schwer. Vielleicht wollte es deshalb Mamis Speck. Damit es genauso groß und stark wie Mami werden konnte. Aber warum ließ sie sich dann von das Mensch in einem Käfig festklemmen?

»Mami?«

»Ja, mein Kleiner? Bist Du aufgewacht?« Mami spürte bis in den Schlaf, wenn eines ihrer Kinder wach wurde. Sie rückte im Liegen ihren schmerzenden Rücken zurecht. »Hast Du schön getrunken und gut geschlafen?«

»Ja, ja. Ich trinke andauernd. Ich habe jetzt eine eigene Zitze.«

»Das ist schön. Welche hast Du Dir denn ausgesucht?« Ihr Rücken schmerzte, egal wie sie sich zurechtrückte.

»Ach, irgendeine. Theo hat sich die Beste ausgesucht.«

»Theo ist der Erstgeborene. Er ist der Dickste von Euch.«

»Darf der Dickste immer das Beste haben? Und warum kann Theo eigentlich lesen?«

»Theo kann einfach lesen. Genauso wie Du einfach zählen kannst. Ihr habt das mit auf die Welt gebracht. Auch Lisbeth, Bruno, Sissy, Peterle und Carlo können lesen. Prinzessa kann rechnen wie Du und Theresa, Pit und Adele können andere Sachen. Theresa kann Fußball spielen, Adele kann Trüffel finden und Pit ist klüger als ein Hund.«

»Was ist ein Hund, Mami?«

»Ein Hund läuft wie wir Schweine auf vier Beinen. Statt zu grunzen, bellt er. Er lebt ganz nah bei das Mensch und hat keinen Speck.«

»Und was ist Trüffel?«

»Ein Trüffel ist ein knolliger unterirdisch wachsender Pilz, der sehr lecker schmeckt. Auch das Mensch isst ihn gerne.«

»Darf ich auch einmal einen Trüffel essen?«

»Ach, Winnifred, Trüffel wachsen im Wald und auf der Wiese. Du und ich und all Deine Geschwister, wir werden nie den Wald oder eine Wiese sehen.« Mami war schon wieder traurig.

»In meinem Traum warst Du aber auf einer Wiese.«

»Das ist schön, Winnie. Das war bestimmt ein schöner

Traum.« Mami war sehr traurig. »Manchmal träume ich auch davon, auf einer Wiese zu sein.«

»Was ist eine Wiese, Mami?«

»Ich weiß es nicht genau. Ich weiß nur, dass eine Wiese grün ist und Blumen darauf wachsen. Manchmal träume ich davon.«

»Ich habe geträumt, dass ich Fußball gespielt habe. Das war cool«, sagte Theresa, die gerade aufgewacht war.

»Ich habe nichts geträumt«, sagte Theo, der auch aufgewacht war.

Alle Geschwister hatten ausgeschlafen und waren aufgewacht.

»Ich muss mal Pipi«, sagte Prinzessa.

»Ich auch«, sagten Lisbeth, Bruno, Peterle, Sissy, Carlo, Pit, Adele und Theresa.

»Ich muss mal Kaka«, sagte Theo, »wo ist denn hier das Klo?«

»Es gibt hier kein Klo«, sagte Mami, »sucht Euch eine besondere Ecke in der Abferkelbox aus und geht zum Pipi und Kaka machen dann immer dort hin.«

»Aber das ist ja ekelig«, schrie Prinzessa, »das mache ich nicht. Ich will ein Klo. Jeder hat das Recht auf ein Klo«, schrie sie weiter und klemmte dabei ihre vier Beinchen zusammen, weil sie so dringend musste.

»Es gibt hier kein Klo.« Mamis Stimme klang streng. »Alle meine Kinder haben in einer Ecke Pipi und Kaka gemacht und Du bist keine Ausnahme, Prinzessa.«

»Ich will aber nicht in meinem Pipi und Kaka sitzen.« Prinzessa gab keine Ruhe. »Ich finde das ekelhaft.«

»Prinzessa, mein Liebes, ich kann gut verstehen, dass

Du das ekelhaft findest, aber es gibt hier nun mal kein Klo. Das Mensch stellt uns keins hin.«

»Ist das Mensch blöd? Denkt es, dass Schweine kein Klo brauchen? Macht es auch Pipi und Kaka in eine Ecke? Hat es auch kein Klo?« Prinzessa klemmte ihre Beinchen noch mehr zusammen.

»Ich weiß nicht, ob es ein Klo hat. Ich weiß nichts über das Mensch. Es kommt her, manchmal alleine, manchmal zu zweit, manchmal viele, und dann geht es wieder weg. Ich weiß nicht, ob es ein Klo hat.«

»Mami, sollen wir diese Ecke nehmen?« Winnie stand bei den Geschwistern.

»Ja, diese Ecke ist gut. Da kann ich Euch sehen und gucken, ob Eure Verdauung gut klappt.«

»Wo machst Du denn Pipi und Kaka, Mami? Du kannst doch nicht aus Deinem Metallkäfig raus?«

»Ach, Winnie, ich muss das einfach so unter mich machen.«

»Das ist widerlich.« Prinzessa schüttelte sich und schrie schon wieder. »Jeder hat das Recht auf ein Klo. Du sollst auch ein Klo haben, Mama.«

»Stell Dich nicht so an und komm zu uns, Prinzessa. Hier kannst Du Pipi machen.« Theo hatte die ausgesuchte Ecke schon mit einem ersten kleinen Häufchen bestückt.

»Wenn ich groß bin, gehe ich nicht in eine Abferkelbox.«

»Du wirst auch in eine Abferkelbox gehen, Prinzessa, Du bist ein Mädchen und Mädchen werden später Mamis und Mamis müssen immer in eine Abferkelbox.«

»Ich gehe nie eine Abferkelbox. Nie.Nie.Nie.« Prinzessa hockte mit mürrischem Gesicht bei den Geschwistern.

»Hey Mann, Du bist vielleicht eine Prinzessin.«

»Lass mich bloß in Ruhe, Theo.«

»Geht jetzt wieder trinken, Kinder«, sagte Mami, »und dann legt Euch unter die Wärmelampe zum Schlafen.«

»Ich gehe in keine Abferkelbox. Nie in meinem Leben. Nie.Nie.Nie.« Prinzessa wackelte den anderen Ferkeln mit hoch erhobenem Ringelschwänzchen hinterher.

Winnie träumte. Er träumte, dass er schon groß und stark war. Er warf im Traum die Abferkelbox um und rannte davon. Er träumte, dass er mit Prinzessa auf einer Wiese stand und Prinzessa war auch schon groß und stark. Plötzlich wurde es hell in seinem Traum und eine fremde Stimme sagte: »Ich fang mit dem an«. Es wurde noch viel heller in seinem Traum und er hörte jemanden schreien. Winnie wachte auf.

Es war Lisbeth, die schrie.

Winnie kniff seine Äuglein zusammen und quietschte vor Schreck. Das Licht blendete ihn. Langsam öffnete er die Augen und quietschte nochmal. Diesmal vor Angst.

Das Mensch hatte Lisbeth an den Hinterbeinen gepackt, kopfüber aus der Abferkelbox gehoben und auf ein Gerät gelegt.

»1.320 Gramm.«

Winnie wusste sofort, dass es das Mensch war, denn es sah genauso aus wie in seinem Traum. Auf zwei Beinen stehend und halb so schwer wie Mami. Es hatte einen weißen Overall an und eine weiße dünne Maske vor Mund und Nase.

Lisbeth war wieder zurück in der Abferkelbox und Theresa wurde auf das Gerät gehoben.

»1.260 Gramm.« Auch Theresa schrie.

»1.580 Gramm.« Das war Theo.

»1.360 Gramm.« Es ging immer weiter. Nacheinander wurden alle Geschwister hochgenommen und zu dem Gerät gebracht.

»Na, Du Kümmerling, komm her.« Das Mensch packte nach Winnie.

»Hilfe, Mami, ich will das nicht.« Das Mensch hob Winnie an den Hinterbeinen hoch und ließ seinen Kopf nach unten baumeln.

»Mamiiiiiiiiii ...!« Das Mensch brachte Winnie zu dem Gerät.

»Du brauchst keine Angst zu haben. Das ist nur eine Waage. Du wirst nur gewogen. Das tut nicht weh«, hörte Winnie Mami sagen und dann spürte er einen brennenden Schmerz an dem abgerissenen Rest seiner silbernen Schnur. Winnie zappelte und versuchte von der Waage zu springen.

»1.140. Das war´s. Morgen machen wir die Zähne.« Das Mensch ließ Winnie zurück in die Abferkelbox plumpsen.

»Hey Mann, was war das denn?« Theo stand neben Winnie. Die anderen Geschwister hatten sich unter die Wärmelampe verkrochen. »Das brennt ja wie Feuer am Bauch. Haben die das bei Dir auch gemacht?«

Winnie hatte keine Lust zu antworten. Er rannte, so schnell es auf diesem komischen glatten Boden ging, auch zu der Wärmelampe und kuschelte sich zitternd an seine Geschwister.

»Das ist Desinfektionsmittel«, sagte Mami, »das brennt einen kleinen Moment. Das Mensch macht das auf den Rest von Eurer Nabelschnur, damit ihr Euch nicht an

Eurem eigenen Kaka infiziert, wenn ihr da aus Versehen durchlauft.«

»Das ist ja ekelhaft«, hörte er Prinzessa sagen, bevor er, immer noch zitternd vor Angst, einschlief, »ekelhaft und widerlich. Wenn wir ein Klo hätten, würden wir nie mit dem Nabelschnurrest durch unser eigenes Kaka laufen.«

Winnie war wieder wach geworden. Er hatte ausgeschlafen und lag zwischen den Geschwistern an seiner Zitze und trank. Das Brennen am Bauch hatte tatsächlich aufgehört. Mit einem kleinen Bäuerchen beendete er seine Mahlzeit.

Lisbeth wedelte ihr Ringelschwänzchen in sein Gesicht.

»Lass das, das kitzelt.«

»Was kitzelt, Du Blödmann?«

»Dein Schwanz kitzelt mich in meinem Gesicht.«

»Das geht Dich gar nichts an, ich kann mit meinem Schwanz machen, was ich will.«

»Nein, kannst Du nicht.«

»Wohl, kann ich doch.«

»Mami, die Lisbeth kitzelt mich im Gesicht.«

Mami murmelte irgendetwas Unverständliches vor sich hin.

»Mamiiiiii, die Lisbeth kitzelt mich.«

»Was hast Du gesagt, mein Schatz? Komm doch hoch zu meinem Kopf und erzähle es mir. Dann kann ich Dir auch wieder einen Kuss geben.«

Unter dem üblichen Gequietsche, Gequieke und Geschrei schälte sich Winnie aus dem Haufen Ferkel.

»Winnie, mein Engel, mein kleiner Letztgeborener, hast Du schön Deine Milch getrunken?« Mami war schon ganz nah. Beinahe war er bei ihr am Kopf.

Plötzlich packte ihn eine Eisenkralle am Po. Die Kralle hielt ihn mit hartem Griff gefangen. Es tat weh. Er schrie. Er konnte sich nicht mehr vorwärts und auch nicht mehr rückwärts bewegen.

»Mamiiiiiiiiiii …!« Er schrie lauter.

Im Halbdunkel konnte er nicht richtig sehen und schrie immer weiter und immer lauter. Und kleine Ferkel können wirklich sehr laut schreien.

»Winnie, was ist denn los?« Mami war vor Schreck auf ihre Füße gesprungen und hatte dabei den Geschwistern die Zitzen aus den Mäulchen gerissen. Die Geschwister schrieen jetzt auch.

Winnie strampelte wie wild mit den Beinen, um sich aus der Kralle zu befreien. Mami versuchte, sich zu drehen, um nachzuschauen, was mit ihrem Letztgeborenen war. Da ihr das aber nicht möglich war und Winnie immer weiter schrie wie am Spieß und der Rest der Geschwister ebenfalls, geriet sie in Panik und warf sich gegen die Gitter ihres Metallkäfigs.

Winnie hatte in der Zwischenzeit gemerkt, dass er sich nur eingeklemmt hatte. An dem Gitter, das Mami umgab. Er bewegte seinen Po und kam frei.

»Kind, Du musst doch auf den Ferkelschutzkorb achten.« Mami beruhigte sich wieder. »Du kannst nicht einfach durch den Korb zu mir kriechen. Du kannst nur an meinen Kopf kommen, sonst nirgendwo hin.«

»Ich will aber keinen Ferkelschutzkorb, Mami.« Winnie schluchzte. »Ich will einfach so zu Dir kommen können.«

»Heulsuse! Mamikind!« Theo stand neben Winnie. Theo würde sich sicher nie im Ferkelschutzkorb einklemmen.

»Hau ab, Du Blödmann und lass mich in Ruhe.«

»Hört auf Euch zu streiten, Kinder.«

»Selber Blödmann«, sagte Theo und zwickte Winnie ganz leicht in den Po. In den niedlichen rosafarbenen Po, der jetzt eine winzige Schramme hatte.

Alle waren wach. Und weil es in der Abferkelbox für sie nichts zum Spielen gab, spielten sie Fangen. Vor Freude quietschend rannten die elf Ferkel hintereinander her. Immer um Mamis Ferkelschutzkorb herum. Mal war Theo vorne, mal Lisbeth, mal Winnie.

Prinzessa achtete bei jeder Runde genau darauf, nicht durch die Klo-Ecke zu rennen. Sie lief jedes Mal eine Kurve drumherum. Plötzlich blieb sie stehen.

»Vierzig Zentimeter«, sagte sie, »vierzig Zentimeter haben wir hier zum Rennen. Elf Ferkel, von denen jedes etwa eineinhalb Kilo wiegt, haben vierzig Zentimeter Platz zum Rennen. Das ist ganz schön wenig.«

»Nein«, erwiderte Winnie. »Wir haben viermal vierzig Zentimeter Platz und das sind hundertsechzig Zentimeter. Rechts und links und vorne und hinten um Mamis Käfig herum sind jeweils vierzig Zentimeter Platz und das sind zusammen hundertundsechzig Zentimeter.«

»Hey, Du Klugscheißer, spielen wir Fangen oder haben wir jetzt Rechenstunde?«, fragte Theo, der sich ärgerte, dass Winnie rechnen konnte und er nicht. »Was ist überhaupt Zentimeter?«

»Zentimeter ist eine Maßeinheit, Theo«, sagte Prinzessa.

»Maßeinheiten sind blöd.«

»Du hast Recht«, sagte Prinzessa zu Winnie gewandt, »wir haben zwar viermal vierzig Zentimeter Länge, aber nur einmal vierzig Zentimeter Breite zum Rennen«, und noch während sie das sagte, prallten Carlo und Adele von hinten unsanft an ihren Po.

»Ihr mit Euren Maßeinheiten. Rennen macht viel mehr Spaß als Rechnen. Lasst uns weiter spielen.« Theo ärgerte sich immer noch.

Carlo und Adele hatten sich nach dem Aufprall kurz geschüttelt und waren weiter gerannt. Theo hinterher.

Plötzlich ertönte ein markerschütternder Schrei. Mami, die in ihrem Metallkäfig ein wenig gedöst hatte, sprang auf ihre Füße. Noch ein markerschütternder Schrei.

Es war Carlo, der schrie.

Winnie und Prinzessa rannten an Mamis Kopf vorbei um die Ecke. Carlo blutete am rechten Vorderbein. Die Geschwister standen um ihn herum.

»Was ist passiert, um Himmels Willen?« Mami, die sich nicht umdrehen konnte und nicht sah, dass Carlo blutete, war ganz aufgeregt.

»Carlo blutet«, rief Adele.

»Warum, was ist denn passiert?«

»Ich weiß es nicht«, antwortete Adele.

»Etwas hat mich festgehalten.« Carlo hielt zitternd sein Beinchen hoch. »Ich bin gerannt und dann hat mich etwas festgehalten und ich bin hingefallen und jetzt blute ich.«

»Wahrscheinlich bist Du beim Rennen mit einem der Hufe in die Ritzen vom Spaltenboden gekommen.« Mami wusste gleich Bescheid. »Blutet es schlimm?«

»Oh ja, es blutet ganz schlimm.«

Winnie dachte, dass es nicht wirklich schlimm blutete, aber Carlo weinte und hielt zitternd sein verletztes Bein in die Höhe.

»Kann das Mensch nicht mal ein bisschen Stroh in diese dumme Abferkelbox tun, damit sich meine Kinder beim Fangenspielen nicht verletzen?« Mami wurde richtig böse. »Kannst Du auf drei Beinen zu mir laufen, Carlo? Ich will mir anschauen, wie schlimm es ist.«

Carlo humpelte zu Mamis Kopf.

Allen war die Lust am Spielen vergangen. Selbst der dicke Theo hatte sich unter die Wärmelampe verkrochen.

»Mami, was ist ein Spaltenboden?«

»Ein Spaltenboden ist der größte Mist, den es gibt, Winnie.« Mami war wirklich richtig böse. »Immer geraten meine Kinder mit ihren Hufen in die Ritzen und verletzen sich dabei. Ich hasse Spaltenböden.«

»Was ist Stroh, Mami?«

»Stroh ist trockenes Gras. Stroh in der Abferkelbox würde verhindern, dass sich meine Kinder verletzen. Aber das Mensch gibt uns kein Stroh.«

»Warum gibt es uns kein Stroh?«

»Damit Euer Pipi und Kaka besser ablaufen kann. Ein bisschen Stroh könnte die Ritzen des Bodens verstopfen und das Pipi und Kaka würde schlechter ablaufen.«

»Das ist ja widerlich.« Prinzessa starrte empört in die Klo-Ecke. »Das ist so ekelhaft und widerlich.«

Winnie lag im Halbdunkel und dachte an das Mensch.

Er dachte, dass es nicht viel dafür tat, dass sie glücklich waren. Er dachte, dass das Mensch eher das Gegenteil tat.

Winnie und die Geschwister erwachten von dem Licht, das die Augen blendete. Das Mensch war wieder da.

Die Ferkel hatten schon gelernt, dass Licht bedeutete, dass das Mensch wieder da war.

Einer nach dem anderen wurde aus der Box gehoben, bekam eine Spritze mit einem Eisenpräparat und jedem wurde eine Marke ins Ohr geknipst. Die Marke im Ohr sah lustig aus, weil sie bei jeder Bewegung des Kopfes mitwippte, aber das Knipsen tat weh. Selbst Theo schrie vor Schmerzen. Weniger lustig war die Maschine, die dann zum Einsatz bei ihnen kam.

»Mamiiiiii ...!« Winnie klemmte bei das Mensch auf dem Arm. »Mami, ich will nicht!« Das Mensch hielt Winnie mit Gewalt das Mäulchen auf, schliff mit der brummenden Maschine seine Eckzähne ab und ließ ihn zurück in die Abferkelbox fallen.

»So, genug für heute. Das war das letzte Ferkel. Morgen machen wir die Schwänze und die Eber.« Das Mensch machte das Licht aus und ging.

»Wiethso schleifen thsie unths die Thsäne ab?« Lisbeth hatte Schwierigkeiten zu sprechen. Ihr Gebiss hatte sich noch nicht an die abgeschliffenen Zähne gewöhnt.

»Ja, dath war ganths blöd.« Auch Theo hatte sich noch nicht an seine abgeschliffenen Zähne gewöhnt.

Winnie wusste, dass er sich auch noch nicht daran gewöhnt hatte und hielt lieber seinen Mund. Er lag unter der Wärmelampe und dachte darüber nach, was morgen-machen-wir-die-Schwänze-und-die-Eber bedeuten könnte. Er war sich schon sicher, dass es nichts Gutes bedeuten würde.

»Das Mensch schleift Euch die Eckzähne ab, damit ihr mir beim Nuckeln nicht aus Versehen in die Zitzen beißt. Wenn ich nicht in diesem Metallkäfig eingeklemmt wäre, hättest ihr mehr Platz zum Nuckeln und ich hätte mehr Platz, um mich hinzulegen, alle wären entspannter und nie würde mich einer von Euch aus Versehen in die Zitze beißen.«

»Ach, Mami, ich beithsse Dich auch thso nie in die Thsitze.« Winnie hatte sich tatsächlich noch nicht an seine abgeschliffenen Zähne gewöhnt.

Er träumte. Er träumte, dass er im Arm von das Mensch festgeklemmt war und große Angst hatte und seine Beine zuckten im Schlaf. Er träumte, dass es hell wurde und hörte eine fremde Stimme sagen: »Häng das Ding ab«, und dann träumte er, dass es wieder dunkel wurde.

Prinzessa boxte ihn in die Schulter. »Die Wärmelampe ist weg, komm mal gucken«, sagte sie und stupste ihn mit ihrem Rüssel in den Po.

Die Geschwister standen in einer Ecke der Abferkelbox und staunten nach oben. Die warme Sonne war weg.

»Dath hat dath Menthsch abgehängt.« Theo wusste wie immer über alles Bescheid. Die Geschwister drängten sich frierend aneinander und ihre Äuglein hatten aufgehört zu glänzen.

Jetzt war es nur noch an Mamis Bauch ein wenig warm. Winnie hatte getrunken und geschlafen. Nun war er ausgeschlafen. Er lag zwischen den Geschwistern.

»Mami?«

»Ja, Winnie?« Mami wusste immer genau, auch wenn sie sich nicht umdrehen konnte, welches ihrer Kinder mit ihr sprach.

»Mami, was sind wir?« Winnie lispelte nicht mehr. Er hatte sich an seine abgeschliffenen Zähne gewöhnt.

»Wie, was sind wir?«

»Wir sind keine Menschen, oder?«

»Nein, Winnie, wir sind keine Menschen. Das Mensch geht auf zwei Beinen. Wir sind Schweine«, sagte Mami, »Schweine gehen doch auf vier Beinen.«

»Gibt es nur Schweine und Menschen?«

»Nein, es gibt viel mehr.«

»Stimmt, es gibt auch Hunde. Von Hunden hast Du mir schon erzählt.«

»Ja, von Hunden habe ich Dir schon erzählt.«

»Und es gibt Trüffel.«

»Ja, Winnie, es gibt auch Trüffel.« Mami musste lachen.

»Mami?«

»Ja, Winnie?«

»Was sind wir?«

»Wie, was sind wir? Ich habe Dir doch gerade gesagt, dass wir Schweine sind.«

Lisbeth, Sissy, Bruno, Theresa, Adele, Peterle, Prinzessa, Pit und Theo waren auch aufgewacht und rannten hintereinander her, um Fangen zu spielen. Prinzessa lief wieder bei jeder Runde eine Kurve um die Klo-Ecke. Nur Carlo mit seinem wehen Beinchen lag noch bei Winnie. »Wir sind Schweine«, riefen die Geschwister und ihre Ohren wackelten beim Rennen lustig auf und ab.

Winnie hatte im Moment keine Lust zum Spielen. Er hatte noch so viele Fragen. »Ja, aber was sind Schweine?«

»Schweine sind Tiere.«

»Tiere sind keine Menschen, oder?«

»Nein, Winnie, Tiere sind keine Menschen. Tiere sind Tiere und Menschen sind Menschen.«

»Sind Menschen besser als Tiere?«

»Was?« Mami hatte ihre Nase im Futtertrog stecken und Winnie nicht zugehört.

»Sind Menschen besser als Tiere?«

»Was Du immer für Fragen stellst, Winnie. Menschen sind nicht besser als Tiere, sie sind anders als Tiere. Sie sind Menschen und wir sind Schweine.« Mami verstand nicht, was Winnie wissen wollte.

»Sind Schweine immer in einer Abferkelbox? Ich meine, sind alle Schweine immer einer Abferkelbox? Menschen und Hunde sind doch nicht in einer Abferkelbox.«

»Ach, Winnie, ich habe Dir doch schon gesagt, dass ich nicht weiß, wie Menschen leben. Und wie Hunde leben, weiß ich auch nicht.«

»Bist Du immer in einer Abferkelbox?«

»Nein. Ich bin ein paar Wochen hier drin. Immer wenn ich Kinder habe. Wenn das Mensch mir die Kinder dann wegnimmt, bin ich ein paar Wochen in einer anderen Box. In einer größeren Box. Ohne Ferkelschutzkorb.«

»Ich will nicht von Dir weggenommen werden, Mami.«

»Vielleicht darf ich diesmal meine Kinder behalten.«

»Ich will Dich auf jeden Fall behalten.« Winnie hatte Mamis Antworten noch nicht genau verstanden. Vielleicht waren aber auch seine Fragen noch zu ungenau.

»Ich will Dich auch behalten, mein Schatz.«

»Mamikind«, schrie Theo beim Vorbeirennen. Er hatte Winnies letzten Satz gehört.

Theo war auch der Erste, der am nächsten Morgen aus der Abferkelbox gehoben wurde. Das Mensch hatte das helle Licht angemacht und war mit seinem weißen Overall und der weißen dünnen Maske über Mund und Nase in den Stall gekommen. Und weil die Ferkel jetzt schon zum dritten Mal von das Mensch aus der Abferkelbox gehoben wurden, dachte sich Theo erst nichts dabei. Das Wiegen, das Desinfizieren, die Spritze und das Schleifen der Zähne waren auch nicht wirklich schlimm gewesen.

Jetzt aber wurde es schlimm.

Das Mensch hielt Theo im Arm festgeklemmt, so, dass er sich überhaupt nicht mehr rühren konnte. Dann nahm es ein scharfes Messer und schnitt Theo hinten zwischen den Beinen auf. Theo schrie wie am Spieß und versuchte zu entkommen. Noch ein Schnitt. Theo schrie lauter. Er verstand nicht, was mit ihm geschah. Wieso fügte ihm das Mensch so unerträgliche Schmerzen zu?

Jetzt drückte es zwischen den beiden offenen Wunden Theos Hoden heraus, schnitt sie mit dem Messer ab und warf sie in einen Eimer. Die Wunden bluteten. Nun nahm das Mensch eine Zange und schnitt den geringelten Teil von Theos Ringelschwänzchen ab.

Theo hatte mittlerweile aufgehört zu schreien und lag apathisch auf dem Arm. Er war wie betäubt. Die Angst und Schmerzen hatten ihn betäubt. Egal was noch käme, er konnte sich sowieso nicht wehren. Theo wurde zurück in die Abferkelbox gesetzt.

Nun war Lisbeth an der Reihe. Weil sie ein Mädchen war, wurde ihr nur das Ringelschwänzchen abgeschnitten. Dann Adele, Sissy, Theresa und Prinzessa. Winnie, der zu Mami an den Bauch geflüchtet war, musste mit ansehen, wie dem Rest seiner Brüder auch die Ringelschwänzchen abgeschnitten und die Hoden herausgeschnitten wurden. Er hörte ihr Schreien. Er roch ihr Blut. Er sah ihre Angst und fühlte, wie jedes der Geschwister apathisch wurde.

»Komm her, Du Kümmerling.« Jetzt griff das Mensch nach Winnie. Er versuchte, sich unter Mamis Bauch zu verstecken. Er schrie. Er biss. Nichts half.

»Schrei nicht so, Dein Fleisch soll doch nicht nach Eber schmecken.« Das Mensch hob ihn hoch und klemmte ihn fest.

Winnie hasste ihn mit seinem ganzen kleinen Herzen. Es nützte ihm nichts. Er konnte sich nicht wehren. Auch ihm wurden ohne Schmerzerleichterung die Hoden abgeschnitten und das Ringelschwänzchen gekappt.

»Das war´s. Feierabend für heute.« Das Mensch machte das Licht aus und ging.

Mami lag in ihrem Metallkäfig und weinte. Sie weinte mit ihrem Herzen.

Die Geschwister hatten sich zusammengedrängt. Keiner sagte etwas. Trinken wollten sie nicht. Sie suchten nur ein wenig Sicherheit. Sie lagen zitternd im Halbdunkel.

Winnie wusste jetzt, was morgen-machen-wir-die-Schwänze-und-die-Eber bedeutet.

»Hey Mann, die haben mir einfach die Klöten abgeschnitten.« Theo war der erste, der wieder munter wurde. Er stakste mit mühsamen Schritten zur Klo-Ecke. »Mir tut vielleicht der Arsch weh.«

»Theo, diese Ausdrucksweise will ich hier nicht hören.« Mami hatte aufgehört zu weinen und wachte wieder über die Erziehung ihrer Kinder.

»Mir tut auch alles weh«, sagten Bruno, Peterle und Pit. Nur Carlo sagte nichts. Sein Beinchen war geschwollen und rot. Er lag still zwischen den Anderen.

»Mami, was sind Klöten?«

»Fang Du nicht auch noch mit dieser Ausdrucksweise an, Winnie!«

»Klöten sind die Eier, Mann, Dein Familienschmuck.« Theo kam zurückgestakst. »Klöten haben nur Männer. So wie Du und ich und unsere Brüder.«

»Na, jetzt habt ihr keine mehr«, sagte Adele, »Eure Eier werden jetzt zu Hundefutter verarbeitet.«

»Adele!«

»Ja, ist ja gut, Mama, aber es ist doch so.«

»Wird mein Ringelschwänzchen auch zu Hundefutter verarbeitet?«, fragte Prinzessa und schaute fassungslos auf den Stummel an ihrem Körperende. »Das will ich nicht. Das ist ja ekelhaft.«

»Keiner verarbeitet Eure Körperteile zu Hundefutter.« Mami war offenbar entschlossen, das Thema endgültig zu beenden. »Geht jetzt wieder trinken, damit ihr groß und stark werden könnt.«

»Ich habe überhaupt kein Hunger«, sagte Carlo.

»Ich schon«, sagte Theo und schnappte mit dem Mäulchen nach seiner Zitze.

»Aber warum schneidet das Mensch uns dann unsere Körperteile ab, Mami?« Winnie war noch nicht bereit, das Thema zu beenden.

»Euer Schwänzchen wird abgeschnitten, damit ihr Euch nicht gegenseitig dort hinein beißt.«

»Aber Mami, ich würde doch nie meinen Geschwistern in das Ringelschwänzchen beißen.«

»Ich schon«, sagte Theo mit einem Grinsen.

»Und warum werden uns die Hoden herausgeschnitten, Mami?« Winnie konnte nicht aufhören, zu fragen.

»Winnie, trink jetzt und frag nicht soviel!«

»Ich will es aber wissen.«

»Das ist nichts für Kinder.«

»Kinder sind zu klein, um zu erfahren, warum ihnen die Hoden abgeschnitten werden, aber nicht zu klein, um ihnen die Hoden abzuschneiden.« Winnie wurde richtig wütend auf Mami. »Ich will das jetzt wissen.«

»Ich weiß nicht, warum das Mensch meinen Söhnen die Hoden herausschneidet«, antwortete Mami. Winnie spürte wieder dieses Zerbrochensein bei ihr. Dieses schon lange Zerbrochensein. Er schwieg, suchte seine Zitze und fing an zu trinken.

»Eure Eier werden wohl zu Hundefutter verarbeitet«, sagte Adele. »Das weiß ich genau«, fügte sie noch hinzu.

»Adele!«

»Ja, Mama?«

»Trink jetzt!« Mami hatte sich auf die Seite gelegt, ihren Rücken zurechtgerückt und die Augen geschlossen.

Carlo hatte auch die Augen geschlossen. Ganz still lag er zwischen den Anderen.

Winnie schlief und träumte. Er träumte, dass er im Halbdunkel aus der Abferkelbox herausspazierte und auf eine Wiese kam. Auf der Wiese spielte das Mensch mit einem Hund. Einem kleinen weißen Hund mit Knopfaugen und wuscheligen Haaren.

Die Sonne schien. Winnie wusste, dass es die Sonne war, obwohl er sie noch nie gesehen hatte. Diese Sonne war nämlich viel schöner als die Wärmelampe.

Das Mensch sprach mit dem Hund und streichelte ihn zärtlich. Dann spielten sie Fangen. Der Hund rannte vor, das Mensch rannte hinter ihm her und freute sich.

Plötzlich wurde Winnie wach. Er schwitzte, und das wunderte ihn, denn seit die Wärmelampe verschwunden war, hatte er meistens gefroren.

Er lag zwischen Carlo und Theo.

Beide glühten. Sie waren heiß wie die Sonne in seinem Traum. Beide schliefen. Er stupste Carlo mit der Schnauze an.

»Was ist los, warum weckst Du mich?«, fragte Carlo.

Seine Stimme klang anders als sonst. Sie hörte sich ganz schwach an.

»Rutsch mir nicht so auf die Pelle, Du bist heiß!«

»Ja, mir ist heiß. Und mein Bein tut mir weh.«

»Mami, Carlo tut das Bein weh und er ist heiß.«

»Meine Güte, Kind, hoffentlich hat sich das Bein nicht entzündet. Bist Du etwa mit Deinem kranken Bein durch die Klo-Ecke gelaufen, Carlo?«

»Ja, Mama, ich musste doch Pipi.«

»Hoffentlich kommt bald das Mensch und guckt nach Dir.« Mami war aufgeregt. »Bleib schön ruhig liegen und versuche zu schlafen, bis das Mensch kommt.«

»Ja, Mama, ich kann sowieso nicht laufen. Es tut viel zu weh.«

Carlo rückte das verletzte Beinchen zurecht und schlief wieder ein. Winnie stupste jetzt Theo mit seiner Schnauze an.

»Rutsch mir nicht so auf die Pelle, Du bist heiß!«

Theo reagierte nicht.

»Oh Mann, Du bist mir viel zu heiß.« Winnie versuchte Theo mit den Beinen ein Stück wegzuschieben.

Theo reagierte nicht. Er schlief tief und fest.

»Na gut, dann suche ich mir eben einen anderen Platz.«
Das übliche Gequietsche, Gequieke und Geschrei setzte
ein, als Winnie sich aus dem Ferkelhaufen schälte.

»Musst Du immer so eine Unruhe verbreiten? Ich habe
gerade so schön geträumt«, motzte Theresa.

»Leg Du Dich doch neben den Backofen«, motzte
Winnie zurück. »Ich hatte auch gerade schön geträumt.«
Er quetschte sich zwischen Pit und Sissy und schlief bald
wieder ein.

Winnie träumte weiter. Im Traum war er wieder auf der
Wiese. Auch das Mensch mit dem Hund war wieder da.
Beide spielten immer noch zusammen. Das Mensch hatte
sich ins Gras gesetzt und warf einen wunderbaren roten
Ball über die Wiese. Der Hund rannte hinter dem Ball her,
hob ihn mit seinem Maul auf und brachte ihn zurück.
Wegwerfen, Hinterherrennen, Aufheben und Zurückbringen, immer wieder, immer wieder. Das schien ihnen
beiden Spaß zu machen. Zwischendurch wurde der Hund
gestreichelt und gelobt. Winnie gefiel dieses Spiel. Er
dachte in seinem Traum, dass er auch gerne einem Ball
hinterherrennen würde und ihn zurückbringen könnte.

Plötzlich blieb der Hund stehen. Er hob eine Vorder-
pfote und schaute aufmerksam zum Rand der Wiese, die
dort in ein Wäldchen überging. Winnie folgte seinem
Blick.

Da waren Schweine. Aber sie waren dunkelbraun, nicht
rosa wie er. Die Schweine in seinem Traum, es waren ungefähr zwanzig, Winnie konnte das auf die Entfernung
nicht genau zählen, zogen dort am Waldrand gemächlich
ihrer Wege. Sie hatten ihre Nasen im Boden, wühlten und

suchten, fraßen und schmatzten, grunzten und quiekten. Es waren auch Kleine dabei.

Das Mensch war aufgestanden und hatte den Hund an eine Leine genommen. Winnie wollte den dunkelbraunen Schweinen etwas zurufen, aber seine Stimme gehorchte ihm nicht. Er wollte ihnen unbedingt etwas zurufen, aber je mehr er rufen wollte, desto weniger gehorchte ihm seine Stimme. Jetzt wollte er zu den Schweinen hinrennen und seine Beine zuckten im Schlaf.

»Tritt mich doch nicht dauernd, Du Blödmann!« Sissy weckte ihn unsanft auf.

»Da waren Schweine.«

»Ja, ja, Winnie.«

»Nein, da waren Schweine in meinem Traum.«

»Ich träume auch immer von Schweinen.«

»Nein, Sissy, da waren andere Schweine.«

»Ich habe auch schon von anderen Schweinen geträumt.«

»Sissy, Du Blödmann, Du verstehst gar nichts.«

Winnie wandte sich an Mami. »Da waren Schweine in meinem Traum, Mami.«

»Wie schön, Winnie. Das war bestimmt ein schöner Traum.«

»Die Schweine waren auf einer Wiese.«

»Ich habe auch schon oft geträumt auf einer Wiese zu sein.«

»Mami, diese Schweine waren wirklich auf einer Wiese. Sie waren nicht in einer Abferkelbox. Und sie waren dunkelbraun. Da waren dunkelbraune Schweine auf einer Wiese am Waldrand.«

»Es gibt keine dunkelbraunen Schweine. Schweine sind

immer rosa und sie sind immer in einer Abferkelbox.«

Winnie hatte das Gefühl, dass Mami etwas Wichtiges nicht verstand. Überhaupt nicht verstand. Aber er verstand es ja selbst nicht. »Nein, die Schweine waren nicht rosa. Sie waren ...«

Ein lauter Schrei unterbrach ihn mitten im Satz. Es war Prinzessa, die geschrieen hatte.

»Theo ist tot!«

»Was?«, schrie Mami.

»Theo liegt hier und bewegt sich nicht mehr. Er ist kalt und steif. Er ist tot, tot! Nimm ihn weg, Mama, nimm ihn weg!«, schrie Prinzessa völlig aufgelöst.

Wie von Sinnen warf sich Mami gegen die Gitter ihres Käfigs, aber die Gitter hielten sie fest. Theo lag tot an ihren Zitzen und sie konnte sich nicht umdrehen. Mami konnte sich nicht zu ihrem toten Kind umdrehen.

Die Geschwister saßen still auf ihren Hinterläufen, hatten die Köpfe gesenkt, die Augen halb geschlossen und die Ohren hingen herab, trostlos in Trauerhaltung. Keiner sagte ein Wort.

Später kam das Mensch, machte Licht an und sah Theo tot in der Abferkelbox liegen. »Mist, wieder einer hin«, sagte es, hob Theo heraus und schmiss ihn neben der Box mit einem dumpfen Klatschen auf den Boden.

Mami starrte in ihrem Metallkäfig vor sich hin.

»Vielleicht sollten wir es doch mit der Ebermast versuchen«, sagte das Mensch, » beim Kastrieren gehen uns zu viele an einer Infektion kaputt.« Dann hob es Carlo aus der Abferkelbox und desinfizierte ihm das verletzte Bein. Carlo wimmerte nur leise.

Die Geschwister standen am Gitter und betrachteten ihren toten Bruder.

»Mami, was passiert jetzt mit Theo? Warum lässt das Mensch ihn da tot auf dem Boden liegen?« Winnie bekam keine Antwort.

Später, das Mensch war durch alle Abferkelboxen im Schweinestall gegangen und hatte saubergemacht, wurde Theo in einen Eimer geworfen und weggetragen.

Winnie hatte gesehen, dass in dem Eimer noch andere tote Ferkel lagen. Prinzessa hatte es auch gesehen. »Ich glaube«, sagte sie, »ich glaube, ich mag das Mensch nicht.«

Die Ferkel brauchten einige Tage, um über den Schock von Theos Tod hinwegzukommen. Er fehlte ihnen und sie waren traurig. Sie hatten kaum Appetit. Auch Mami war traurig und hatte nicht mehr genügend Milch. Beim täglichen Wiegen der Ferkel war keine Gewichtszunahme zu sehen. Das Mensch stellte ihnen in einem kleinen Napf zusätzliches Futter hin.

»Ich will lieber Deine Milch«, sagte Sissy und ließ das zusätzliche Futter stehen.

»Iß ein bisschen davon«, sagte Mami, »ich habe nicht mehr genug Milch für Euch.«

»Das Futter schmeckt mir nicht. Es ist ekelig.« Auch Prinzessa wollte nicht aus dem Napf fressen.

»Mir schmeckt es.« Carlo war wieder gesund geworden. Sein Beinchen war noch rot und geschwollen, aber seine Kräfte waren zurückgekehrt. Seine Stimme hörte sich laut und munter an. »Ich finde das lecker.«

Bruno, Peterle und Pit fanden das Futter auch lecker. Ihre Wunden waren gut verheilt und sie hatten begonnen, wieder Fangen zu spielen. Lisbeth, Theresa und Adele spielten mit.

Winnie schmeckte die breiige Matschepampe zwar auch nicht, aber er hatte Hunger und rührte solange mit seinem Schnäuzchen in dem Napf herum, bis er satt war.

»Mami, was isst Du eigentlich?«

»Ich? Ich habe jeden Tag denselben Brei in meinem Trog.«

»Du isst dieselbe Pampe wie wir?« Winnie konnte das nicht glauben. Erwachsene Schweine aßen doch bestimmt andere Sachen als Babyschweine. Er erinnerte sich an seinen Traum von den Schweinen am Waldrand. »Aber die dunkelbraunen Schweine in meinem Traum haben ganz andere Sachen gegessen«, sagte er.

»Die Schweine in Deinem Traum ...« Mami wollte nicht daran erinnert werden. Als Winnie das letzte Mal davon gesprochen hatte, war Theo gestorben.

»Die Schweine in meinem Traum haben mit ihren Rüsseln im Boden herumgewühlt und Gras, Brennnesseln, Blätter, Eicheln, Bucheckern, Äpfel und Beeren, Getreide, Mais, Kartoffeln, Würmer, Schnecken, Insekten, Larven, Mäuse und Vogeleier gefressen. Und Du kriegst jeden Tag nur Matschepampe?«

»Ach, Winnie, es ist doch egal, ob ich jeden Tag dieselbe Pampe kriege oder nicht. Esst ihr schön aus dem Napf und trinkt die Milch, die ich noch habe, damit ihr groß und stark werden könnt.«

Winnie merkte, wie sehr Mami sie liebte und wie wenig Kraft sie noch hatte. Er schwieg.

»Komm, Winnie, spiel mit uns Fangen.« Lisbeth stupste ihn an. Auch Sissy und Prinzessa rannten. Winnie ließ sich von dem Spiel der Geschwister anstecken und lief mit ihnen um die Wette.

Das Mensch freute sich, dass seine Ferkel gut gediehen.

»3.910 Gramm.« Es war wieder Wiegetag. »3.430 Gramm.« Auch Winnie hatte ordentlich zugelegt.

»2.730.« Nur Sissy nahm nicht zu. Sie fraß immer noch nicht das Futter aus dem Napf und hatte Bauchweh und Durchfall. Meistens schaffte sie es nicht in die Klo-Ecke. Prinzessa beobachtete das mit Argwohn.

Drei Tage später brachte das Mensch Sissy in eine andere Box. Dort sollte sie aufgepäppelt werden.

Winnie und seine Geschwister bekamen noch mehrere Spritzen mit Impfungen und allerlei Zusätze in ihr Futter, damit sie groß und stark werden konnten.

Carlo bekam ein hässliches Geschwür am Bein. Es würde bis an sein Lebensende nicht mehr weggehen.

»5.830 Gramm, 5.610, 5.920.« Langsam wurden die Ferkel groß und stark.

Winnie hörte, dass Sissy an ihrem Bauchweh und dem Durchfall gestorben war. Er sagte Mami nichts davon. Sie war die letzten Tage so traurig gewesen und hatte kaum noch Milch. Die Kleinen lagen nur noch zum Kuscheln an ihrem Bauch.

»Mami«, fragte er aus dem Ferkelhaufen, »bleiben wir immer hier bei Dir in der Abferkelbox?«

»Nein, Winnie, ihr seid jetzt zwei Wochen alt. In einer Woche nimmt Euch das Mensch mir weg.«

Winnie erinnerte sich an das Gespräch, das er an seinem ersten Lebenstag mit Mami geführt hatte. Das Gespräch, bei dem er zum ersten Mal gespürt hatte, wie bedrückt sie war.

»Ich will nicht von Dir weggenommen werden.«

»Vielleicht darf ich diesmal meine Kinder behalten.«

»Wo sind denn die anderen Kinder, die, die Du vor uns bekommen hast, hingekommen?«

»Ich weiß es nicht, Winnie.«

»Sind sie in einer anderen Abferkelbox?« Winnie dachte an Sissy und dachte, dass eine andere Box keine gute Idee wäre.

»Nein, sie sind weg. Das Mensch hat sie weggenommen und sie sind nie wieder zurückgekommen.«

»Aber was macht das Mensch mit den ganzen Ferkeln?«

»Vielleicht leben sie in seinem Haus wie Hunde? Ich weiß nicht, was das Mensch mit meinen Ferkeln macht.«

Winnie dachte an seinen Traum. Den Traum, in dem das Mensch mit dem Hund Ball gespielt hatte. Vielleicht war es eine gute Idee, bei das Mensch im Haus zu leben. Besser bestimmt als in einer anderen Box.

»Wenn ich von Dir weggenommen werde, Mama, gehe ich Trüffel suchen«, sagte Adele.

»Ich werde Fußball spielen«, sagte Theresa.

»Ich will Dich lieber behalten, Mami«, sagte Winnie. Dann musste er an Theo denken und wie Theo immer Mamikind zu ihm gesagt hatte und er wurde traurig. Theo fehlte ihm so sehr.

Winnie schlief und träumte. Er träumte, dass er auf einer Wiese mit einem roten Ball spielte und Mami war auch da. Beide rannten mit flatternden Ohren querfeldein und quietschten vor Vergnügen. Kein Mensch weit und breit. Nur sie und die Wiese und das Spiel mit dem Ball.

»Mami«, schrie Winnie außer Atem, »Mami, warte doch, ich will Dich etwas fragen.«

»Was willst Du denn fragen, mein Kleiner?« Mami sah im Traum plötzlich anders aus als in Wirklichkeit. Sie hatte dunkelbraunes Fell mit schwarzen Borsten und war schlanker und drahtiger.

»Wie bist Du aus der Abferkelbox herausgekommen?«

»Ich war nie in einer Abferkelbox.«

Winnie merkte, dass es in seinem Traum nicht Mami war, mit der er spielte. »Wer bist Du?«, fragte er.

»Ich bin Linda.«

»Linda?«

»Ja, Linda, die Mami von Gustav, Sieglinde, Archie, Wallie, Tobi und Karlchen. Und wer bist Du?«

»Ich bin Winnie.«

»Wo ist Deine Rotte, Winnie?«

»Meine was?«

»Deine Familie. Zu meiner Familie kannst Du nicht gehören, Du hast viel zu helle Haut. Außerdem hast Du viel zu viel Speck auf den Rippen.«

»Linda, was ist Speck?«

»Speck ist das, was ich habe und das, was das Mensch von mir haben will.«

Plötzlich war Linda in seinem Traum verschwunden.

Winnie wachte mit einem Ruck auf. Genau diese Worte hatte er schon einmal gehört.

»Mami?«

»Ja, mein Schatz?« Mami war wieder Mami wie er sie kannte.

»Mami, was ist Speck? Linda hat gesagt …«

»Speck ist das, was ich habe und das, was das Mensch von mir haben will«, erwiderte Mami leise.

»Aber was ist Speck?«

»Bald«, murmelte Mami, »bald ist es soweit. Bald will es meinen Speck.«

Winnie spürte, dass sie kaum mehr Kraft hatte.

»Das ist Speck«, sagte Lisbeth und biss Winnie ganz zart in den Po.

»Wenn das Speck ist, ist das Dein Speck«, quietschte Winnie und biss zurück.

»7.100 Gramm, 7.400, 7.210 Gramm.« Die Ferkel wurden jeden Tag auf die Waage gelegt und das Mensch gab ihr Gewicht in einen Computer ein. Der Computer hatte außen einen Aufkleber. HappyPig stand auf dem Aufkleber. Winnie hatte sich die Worte gemerkt, aber er wusste immer noch nicht, was das hieß.

»Weißt Du, was HappyPig heißt?« wandte sich Winnie an Bruno. Er wusste ja, dass Bruno auch lesen konnte.

»Häh?« Bruno hatte seine Nase gerade im Futternapf.

»Was heißt HappyPig? Du kannst doch auch lesen.«

Bruno schaute zu Winnie. »Wie auch lesen?«

»Mami hat gesagt, dass Du lesen kannst. Genauso wie Theo.«

»Theo? Wo ist Theo?«

»Theo ist nirgends. Aber er konnte lesen wie Du. Und Du sollst mir jetzt sagen, was HappyPig heißt.«

»Wo steht das?« Bruno war ein wenig begriffsstutzig.

»Auf dem Aufkleber.« Winnie zeigte auf den Computer.

Bruno kniff die Augen zusammen. »Meinst Du das Bild von den lachenden Ferkeln auf der Wiese?«

»Nicht das Bild, die Buchstaben, Du Blödmann.« Dass neben den Buchstaben ein Bild von lachenden Ferkeln war, hatte Winnie selber gesehen.

»Ach so, die Buchstaben. Ja, das heißt HappyPig.«

»Aber was bedeutet HappyPig?«

Bruno schüttelte seinen Kopf. Ein paar Spritzer von der breiigen Pampe landeten auf Winnie. »Keine Ahnung.«

»Du musst doch wissen, was das heißt! HappyPig steht bei Mami auf dem Sichtschutz gegen Bissverschleiß und auf dem Aufkleber. Das muss doch etwas bedeuten.«

»Ich weiß es nicht. Frag doch Mama.« Bruno steckte seinen Rüssel zurück in den Futternapf. »Kann sein, dass Pig Schwein heißt, aber was das andere Wort heißt, weiß ich nicht. Frag Mama.«

»Mami, weißt Du was HappyPig heißt?«

»Was sagst Du, Winnie?« Mami hatte seit einer Woche kaum gesprochen. Sie war auch kaum mehr aufgestanden. Sie lag in ihrem Ferkelschutzkorb und starrte nur vor sich hin.

»HappyPig, was heißt das?«

»Wie kommst Du darauf?«

»Du hast doch Theo gesagt, dass Du nicht weißt, was HappyPig heißt. Weißt Du es wirklich nicht?«

»Ach, Theo, mein dicker kleiner Liebling. Warum bist Du nur so früh von mir gegangen?« Winnie spürte, dass Mami wieder mit ihrem Herzen weinte. Er spürte, dass ihr Leben im Käfig und der Tod ihres Kindes sie endgültig zerbrochen hatte. Er wusste, dass er kein Antworten mehr von ihr bekommen würde.

»Es ist nicht so wichtig, Mami«, sagte er. »Ich hab Dich lieb«, sagte er noch, lief zu ihrem Kopf und gab ihr einen

Kuss. Er dachte, dass er es noch herausfinden würde, was HappyPig bedeutet.

»Ich hab Dich auch lieb, Winnie. Ich habe Euch alle lieb.«

»Die kommt weg. Die hat fünfmal geworfen. Die bringt nix mehr.« Das Mensch war in den Stall gekommen, hatte Licht angemacht und Mami aus ihrem Metallkäfig befreit.

Jetzt war es soweit.

Die Ferkel standen in der Ecke und sahen zu, wie Mami mit einem Stock aus der Abferkelbox getrieben wurde.

Nicht sie wurden Mami weggenommen, Mami wurde ihnen weggenommen.

»Lebt wohl, Kinder«, sagte sie traurig, »lebt wohl.«

Mami konnte kaum laufen. Sie stolperte und fiel hin, doch das Mensch zwang sie, wieder aufzustehen.

»Mami …!«

»Winnie, mein Kleiner, mein Letztgeborener.« Mami war so lange im Ferkelschutzkorb eingeklemmt gewesen, dass sie das Laufen nicht mehr gewöhnt war.

»Mami, nein …!« Winnie wusste, dass er Mami verlieren würde. Dass er sie nie wiedersehen würde. Er wusste, dass er und seine Geschwister noch Babys waren und Mami noch brauchten. Weil kleine Ferkel ihre Mami eigentlich vier Monate lang brauchen. Und Winnie war gerade erst drei Wochen alt.

Mami war noch nicht drei Jahre alt. Sie hatte fünfmal geworfen und nun wurde sie weggebracht. Ihr schwerer Körper schwankte unter der Last ihres Gewichtes und ihr knickten beim Laufen die Beine weg. Das Mensch trieb sie mit dem Stock weiter.

»Mami, geh nicht weg«, schrie Winnie.

»Ich kann es nicht ändern«, sagte Mami.

»Wo gehst Du hin?«, schrie Winnie.

»Ich geh zu Theo«, sagte sie leise, »zu Theo.«

»Aber Theo liegt tot in dem schmutzigen Eimer«, schrie Winnie vor Kummer, »du darfst nicht weggehen.«

»Ich kann es nicht ändern, Winnie. Es ist soweit. Ich muss gehen.«

»Nein, du musst bleiben«, schrie Winnie und wollte Mami aus der Abferkelbox hinterherrennen.

»Halt, Du nicht«, sagte das Mensch und hielt Winnie mit hartem Griff an den Hinterbeinen fest.

Winnie wehrte sich gegen das Festgehaltenwerden, er zappelte und schrie so laut er konnte. Mami durfte nicht einfach weggehen und ihn und seine Geschwister alleine lassen. Er drehte sich um und biss das Mensch in die Hand. Er kam frei und rannte Mami hinterher.

Er stand in der Stallgasse und sah, dass auch andere Mamis aus anderen Abferkelboxen zu einem Ausgang getrieben wurden. Die Tür zum Ausgang war offen und an der offenen Tür war eine Rampe. Die Rampe führte in einen Transporter. Alle Mamis wurden die Rampe hoch in den Transporter getrieben.

»Willst Du auch schon zum Schlachthof? Bleib hier!« Das Mensch hatte Winnie eingeholt.

»Mami, … nein!«

Mami stand auf der Rampe und drehte sich zu ihm um. Sie stand auf der Rampe und weinte.

Sie weinte nicht nur mit ihrem Herzen. Diesmal liefen aus ihren Augen Tränen.

»Hab ich Dich, Du Ausreißer. Hör auf zu zappeln und

zu schreien, Kleiner!« Das Mensch hatte Winnie auf den Arm genommen und ging zurück zur Abferkelbox.

Mit einem letzten Blick konnte Winnie sehen, dass Mami jetzt im Transporter war. Dann wurde die Rampe hochgezogen und der Transporter fuhr weg.

»Mach Platz, Du Blödmann«, riefen die Geschwister und ein paar fremde Ferkel.

Winnifred, Lisbeth, Bruno, Theresa, Pit, Adele, Peterle und Prinzessa waren an dem Tag, an dem Mami fortgegangen war, in eine neue Box umgezogen. In eine Ferkelaufzuchtbox.

»Mach Platz, wir rennen«, quiekten sie und kamen mit flatternden Ohren im Schweinsgalopp angesaust.

Prinzessa voneweg. In einer Ecke rannte Prinzessa eine Kurve. »Gibt es hier ein Klo?«, hatte sie als erstes nach dem Umzug gefragt. Und weil Mami nicht mehr da war, um ihnen die Sache mit dem Klo zu erklären, hatten die Ferkel sich alleine eine Klo-Ecke gesucht. Um diese Ecke rannte Prinzessa eine Kurve. Fünfzehn Ferkel rannten hinter ihr her.

Carlo rannte nicht. Er war auch mit in die neue Box gezogen. Er stand bei Winnie. »Ich weiß nicht, warum denen das Rennen so viel Spaß macht«, sagte er.

»Was sollen sie sonst machen«, erwiderte Winnie.

»Ich spiele lieber mit der Kette.« Carlo humpelte zu einer von der Decke herabbaumelnden Kunststoffplatte, durch die eine Metallkette gezogen war. Er nahm die Platte ins Maul und bewegte sie hin und her. »Das wackelt so schön«, sagte er.

Am ersten Tag in der Ferkelaufzuchtbox hatten alle die Kette bestaunt. Sie kannten ja kein Spielzeug. HappyPig stand auf der Kunststoffplatte und es stand noch darauf, dass dieses Spielzeug lebensmittelecht sei, beruhigen und ablenken würde und zur Verminderung der Aggressivität diene.

Jedes der Ferkel hatte einmal mit der Kette gewackelt.

Jetzt spielten sie lieber Fangen. Nur Carlo nicht. Aber der hatte auch ein wehes Bein.

»Macht Platz, ihr Blödmänner«, schrie Prinzessa.

»Ja, macht Platz«, quietschten die Geschwister und die fremden Ferkel. Sie rannten Winnie und Carlo beinahe über den Haufen.

Die fremden Ferkel waren an demselben Tag wie sie in die neue Box gezogen. Peterle war kurz darauf gestorben. Er fand die Wassertränke nicht, er bekam Bauchweh und Durchfall von dem neuen Futter und war gestorben.

Das Mensch hatte ihn in einen Eimer geworfen und weggetragen.

»Mich macht dieses dauernde Gerenne wütend«, sagte Carlo und schnappte nach dem Stummelschwänzchen von Prinzessa.

»Mich nicht«, sagte Winnie, streckte sich auf dem kalten Spaltenboden lang aus und schlief ein.

»Linda?«

»Ja, mein Kleiner?«

»Bist Du da?« Seit Winnifred in die Ferkelaufzuchtbox umgezogen war, hatte er sich angewöhnt, mit Linda zu reden. Linda war seine Ersatz-Mami geworden. Leider nur im Traum. Winnie konnte nur im Traum mit ihr reden. »Linda, bist Du da?«

»Ja, mein Kleiner, ich bin da.« Winnie war immer noch ein Baby und brauchte das Gefühl, eine Mami zu haben. Auch wenn es nur in seinen Träumen war.

»Sind Deine Kinder auch in einer Ferkelaufzuchtbox?«

»Wo sollen Gustav, Sieglinde, Archie, Wallie, Tobi und Karlchen sein?«

»In einer Ferkelaufzuchtbox.«

»Was ist denn eine Ferkelaufzuchtbox?« Linda beugte sich zu Winnie und gab ihm einen zarten Kuss auf den Rüssel. »Warum sollten meine Kinder in so etwas sein?«

»Ich dachte, alle Ferkel kommen in so was. Ich bin doch auch in einer. Und meine Geschwister und die fremden Ferkel auch.«

Linda konnte zwar im Traum mit ihm sprechen, aber sie konnte nicht sehen, wo Winnie in Wirklichkeit war. »Wie sieht sie denn aus, diese Ferkelaufzuchtbox?«

»Das ist ein kleiner Stall aus Metall. Dort wohnen wir. Hier ist es warm und meistens dunkel. Der Fußboden ist komisch. Kalt und glatt und rutschig. Um uns herum sind Gitterstäbe. Wir haben eine Kette zum Spielen. Haben Deine Kinder auch eine Kette zum Spielen?«

»Meine Kinder spielen mit allem, was sie im Wald und auf der Wiese finden. Am liebsten spielen sie Fangen.«

»Fangen spielen wir auch am liebsten.«

»Das ist schön, Winnie.«

»Linda?«

»Ja, mein Kleiner?«

»Du bist doch ein Schwein, oder?«

»Ja, ich bin ein Schwein. Ein Wildschwein.«

»Und Du hast dunkelbraunes Fell, stimmt´s?«

»Ja, ich habe dunkelbraunes Fell. Warum fragst Du?«

»Wir haben rosa Fell und Speck. Hast Du auch Speck?«

»Ich habe manchmal Speck. Meistens im Sommer und im Herbst.«

»Was ist Sommer und Herbst, Linda?«

»Ach, Winnie, Sommer und Herbst sind Jahreszeiten. Genauso wie Winter und Frühling Jahreszeiten sind.«

»Will das Mensch im Sommer und Herbst auch Deinen Speck?«

»Was ist denn das Mensch?«

»Das Mensch läuft statt auf vier nur auf zwei Beinen und ist halb so schwer wie Mami.«

Linda zuckte zurück. »Winnie, Du meinst doch nicht etwa das Jäger, oder?«

»Was ist das Jäger, Linda?«

»Das Jäger läuft auch auf zwei Beinen. Manchmal verfolgt es uns auf der Wiese und im Wald. Wohnst Du etwa bei das Jäger?«

»Ich weiß es nicht. Zuerst habe ich in einer Abferkelbox gewohnt, dann wurde Mami uns weggenommen und jetzt wohne ich in der Ferkelaufzuchtbox. Das Mensch kommt jeden Tag zu uns. Es gibt uns Futter.«

»Das Jäger gibt Dir Futter?« Linda hörte sich in Winnies Traum plötzlich weit entfernt an. »Das Jäger ist gefährlich, Winnie, sei vorsichtig, es ist gefährlich.« Linda hörte sich jetzt sehr weit entfernt an.

»Linda? Wo bist Du? Lindaaaaaa?« Winnie bekam keine Antwort mehr. Er wachte auf.

»9.210 Gramm, 9.430, 9.120.« Das Wiegen ging auch in der Ferkelaufzuchtbox weiter. Winnie fragte sich, warum das Mensch so ein Interesse an dem Körpergewicht der Ferkel hatte.

»Bruno, weißt Du, warum wir andauernd gewogen werden?«

»Häh?« Bruno hatte wie immer die Nase im Futtertrog.

»Warum werden wir andauernd gewogen?«

»Keine Ahnung. Wiegen tut doch nicht weh.«

»Bruno, kennst Du das Jäger?«

»Was?« Bruno hatte immer noch seine Nase im Futtertrog.

»Das Jäger, weißt Du, was das ist?«

»Nö, weiß ich nicht. Lass mich in Ruhe fressen.«

»Oh Mann, Bruno, Du wirst irgendwann noch so dick wie eine Kugel.«

»Mir schmeckt es eben. Du solltest auch ein bisschen mehr essen, Winnie, du bist am dünnsten von uns allen.«

»Ich mag die matschige Pampe nicht. Mir hat die Milch von Mami besser geschmeckt.«

»Mami, wo ist Mami?« Bruno war wirklich etwas schwer von Begriff.

»Mami ist nicht hier. Ich habe nur gesagt, dass mir ihre Milch besser geschmeckt hat.«

»Wo ist sie eigentlich?«

»Ich weiß es nicht.« Winnie hatte sich in den letzten drei Wochen sehr oft gefragt, warum das Mensch Mami in den Transporter gebracht und weggefahren hatte. Er hatte sich gefragt, wo der Transporter hingefahren war.

»Bruno, weißt Du, was ein Schlachthof ist?«

»Nö.« Bruno schüttelte seinen Kopf. »Weißt Du, was es ist?«

»Ich glaube«, sagte Winnie, »ich glaube, es ist eine Art Wiese.«

»Eine Wiese? Cool. Auf einer Wiese kann man Fußball spielen«, sagte Theresa, die neben Bruno am Futtertrog stand. »Ich will auch zu einer Wiese.«

»Auf der Wiese gibt es aber das Jäger«, sagte Winnie.

»Was ist das Jäger?«, fragte Theresa.

»Das Jäger geht genauso wie das Mensch auch auf zwei

Beinen. Das hat mir Linda erzählt.«

»Wer ist denn Linda?«, fragten Bruno und Theresa gleichzeitig.

»Das geht Euch nichts an«, erwiderte Winnie.

»Was geht uns nichts an?« Prinzessa war ebenfalls an den Trog gekommen.

Winnie wollte seinen Geschwistern nichts von seinen Träumen erzählen. Bestimmt würden sie ihn Mamikind nennen, und dann wäre er wieder traurig. Wegen Theo. Und wegen Mami.

»Prinzessa, weißt Du, warum wir andauernd gewogen werden?«

»Ich glaube, das Mensch passt auf, dass wir nicht zu dick werden.«

»Du spinnst«, sagte Bruno und nahm sich noch einen Happen aus dem Futtertrog.

»Ihr spinnt«, sagte Prinzessa und wackelte mit hoch erhobenem Stummelschwänzchen davon.

Winnie hatte geschlafen und gefressen. Er hatte Fangen gespielt und Wasser getrunken und durch die Gitterstäbe geschaut. Jetzt lag er im Ferkelhaufen und döste. Alle dösten. Die Geschwister und die fremden Ferkel auch.

Plötzlich kam das Mensch in den Stall und machte das Licht an. Das Licht erschreckte die Ferkel jedes Mal aufs Neue. Ihre Augen waren an das Halbdunkel gewöhnt.

Immer, wenn das Mensch in den Stall kam und Licht anmachte, drängten sie sich ängstlich in einer Ecke zusammen.

»Dreh das Wasser an«, schrie das Mensch. Am anderen Ende des Stalls stand noch ein Mensch.

Und auf einmal war eine riesige Schlange in der Ferkel-aufzuchtbox. Die Schlange bäumte sich auf und zischte und versprühte aus ihrem silbernen Maul Wasser. Das Wasser war eiskalt. Die Ferkel wussten nicht, wie ihnen geschah. Alles war rutschig und glatt. Sie quietschten und kletterten vor Schreck übereinander. Bruno war ganz nach oben geklettert und quietschte am lautesten.

»Endlich wird hier mal saubergemacht«, sagte Prinzessa, und die Ferkel sahen, wie das Mensch mit dem Wasser den Boden abspritzte und ihre Kackhäufchen durch die Ritzen rutschten. »Das wurde auch langsam Zeit«, fügte sie an.

»Ich dachte, das ist eine Schlange«, sagte Bruno, »aber das ist ja gar keine.«

»Oh Mann, Bruno, ich habe gleich gesehen, dass es ein Wasserschlauch ist«, rief Winnie.

»Bist Du Dir sicher, dass es keine Schlange war?«, fragte Bruno.

»Jetzt kann der Tierarzt kommen«, sagte das Mensch, zog den Wasserschlauch aus ihrer Box und ging in die nächste Box.

»Was ist eine Schlange?«, fragte Prinzessa.

»Und was ist ein Tierarzt?«, fragte Winnie und schaute durch die Gitterstäbe das Mensch hinterher.

»Hier ist aber schön sauber«, lobte der Tierarzt und kletterte mit seinen Gummistiefeln in die Box. Dann nahm er nacheinander jedes der Ferkel hoch, hörte sie ab, untersuchte sie und malte ihnen mit einem dicken Stift einen Strich auf den Rücken.

»Ich habe einen blauen Strich«, sagte Bruno.

»Ich habe einen roten«, sagte Prinzessa.

»Blau ist viel schöner«, behauptete Bruno.

»Nein, rot ist schöner«, sagte Prinzessa. »Warum macht uns der Tierarzt einen Strich auf den Rücken?«, fragte sie dann noch.

»Hier ist wirklich schön sauber«, lobte der Tierarzt und kletterte wieder aus der Box. »Da können Ihre Ferkel aber glücklich sein.«

»Ja«, sagte das Mensch, »meine Ferkel sind glücklich. Ich tue auch alles für sie.«

»Linda?« Winnie träumte wieder.

»Ja, mein Kleiner?«

»Hast Du auch einen Tierarzt? Wir haben einen Tierarzt.«

»Was ist ein Tierarzt?«

»Ein Tierarzt ist so etwas wie das Mensch. Er malt uns Striche auf den Rücken.« Winnie hatte festgestellt, dass die Farbe auf seinem Rücken nicht mehr abging. Er hatte versucht, sie abzulecken und sich an den Gitterstäben geschubbert. »Die Mädchen haben rote Striche und die Jungen blaue.«

»Ich glaube«, sagte Linda, »ich glaube, ein Tierarzt ist so etwas wie das Jäger.«

»Macht das Jäger Euch auch Striche auf den Rücken?«, fragte Winnie.

»Nein«, antwortete Linda. »Das Jäger ist gefährlich. Es verfolgt uns auf der Wiese und im Wald. Es schießt auf uns. Wir laufen immer schnell weg.«

»Ich kann nicht weglaufen.«

»Warum kannst Du nicht weglaufen?«

»Ich bin doch in einer Ferkelaufzuchtbox. Hier sind Gitterstäbe.«

»Stimmt, Winnie, das hast Du mir schon erzählt.«

»Linda?«

»Ja, mein Kleiner?«

»Weißt Du vielleicht, was ein Schlachthof ist? Mami ist jetzt dort.«

»Nein, ich weiß nicht, was ein Schlachthof ist.«

»Ich glaube, es ist eine Art Wiese.«

»Eine Wiese, das ist schön, Winnie.«

»Meine Schwester Theresa will auch auf eine Wiese. Sie will dort Fußball spielen. Glaubst Du, dass Mami jetzt auf einer Wiese ist?«

»Warum ist Deine Mami so früh von Dir weggegangen? Du bist noch viel zu klein, um alleine zu leben.«

»Ich lebe doch nicht alleine. Ich lebe hier mit meinen Geschwistern und den fremden Ferkeln.«

»Aber Du bist trotzdem noch klein.«

»Ich bin nicht klein. Ich wiege schon über neun Kilo. Mami hat mehr gewogen und war älter. Sie war drei Jahre alt und hatte fünfmal geworfen, hat das Mensch gesagt, und sie deshalb zum Schlachthof gebracht.«

»Deine Mami war erst drei Jahre alt?«

»Ist drei Jahre viel?«

»Nein, Winnie, drei Jahre ist nicht viel. Drei Jahre ist wenig. Schweine können zwanzig Jahre alt werden. Ich bin schon elf Jahre alt.«

»Ach, Linda, ich hoffe, dass ein Schlachthof eine Art Wiese ist.«

»Ja, Kleiner, das hoffe ich auch.« Lindas Stimme wurde leiser und leiser. »Ich hoffe es.«

Winnie bewegte seine Beine im Traum und versuchte, Linda hinterherzulaufen.

»Bleib doch da, bitte geh nicht weg, Linda!«, rief er.

»Tritt mich doch nicht dauernd, Du Blödmann«, sagte Prinzessa und Winnie wachte auf.

»Wer ist überhaupt Linda?«, fragte sie noch, »dauernd rufst Du im Schlaf nach ihr.«

»Das geht Dich nichts an«, erwiderte Winnie.

»12 Kilo 300 Gramm, 12 Kilo 800 Gramm, 13 Kilo.« Wieder war Wiegetag. Nachdem alle Ferkel zurück in die Box gehoben worden waren, rannten sie immer im Kreis hintereinander her und spielten Fangen. Nur Carlo spielte mit der Kette.

Winnie lief vorneweg. Plötzlich blieb er stehen und alle prallten auf seinen Po und purzelten übereinander.

»Wieso ist es hier eigentlich immer dunkel?«, fragte er.

»Was bedeutet dunkel?«, fragte Bruno und kratzte sich hinter dem Ohr.

»Bruno, Du Blödmann. Was soll denn dunkel bedeuten? Dunkel ist einfach dunkel«, sagte Winnie.

»Ach so«, erwiderte Bruno.

»Wenn das Mensch Licht anmacht, ist es hell«, sagte Prinzessa.

»Stimmt«, sagte Bruno, »dann ist es hell.«

Manchmal dachte Winnie, dass seine Geschwister nicht gerade die klügsten Ferkel waren. »Ich meine, warum ist es hier drinnen immer dunkel und nur wenn das Mensch Licht anmacht, wird es hell?«

»Das Licht tut mir in den Augen weh«, sagte Carlo und versuchte in das Stummelschwänzchen von Prinzessa, die neben ihm stand, zu beißen.

»Hör auf damit«, fauchte sie Carlo an und biss zurück. Langsam machte es sie zornig, dass Carlo immer biss. Pit und Adele hatten auch schon diese dumme Angewohnheit übernommen.

»Lasst die Beißerei!« Winnie konnte nicht verstehen, warum es Spaß machte, sich gegenseitig zu beißen.

»Die hat angefangen«, sagte Carlo und humpelte in die Ecke der Ferkelaufzuchtbox.

»Du hast angefangen«, schrie ihm Prinzessa hinterher.

»Bleib hier, Carlo«, rief Winnie. »Du sollst nur mit dem Beißen aufhören.«

»Mein Bein tut mir immer weh«, sagte Carlo, »ich kann nie Fangen spielen und dann werde ich wütend und will beißen.«

»Mir tut manchmal der Arsch weh, an der Stelle, wo mir das Mensch die Klöten abgeschnitten hat. Dann bin ich auch wütend«, sagte Pit.

»Mir tut auch der Arsch weh«, schob Bruno hinterher.

Winnie dachte an Mami, die diese Ausdrucksweise nicht geduldet hätte, aber Mami war fort. »Mir tut nichts weh«, sagte er, »aber ich will trotzdem wissen, warum es hier drinnen immer dunkel ist.«

»Was bedeutet dunkel?« fragte Bruno.

»Bruno!« Manchmal dachte Winnie, dass seine Geschwister ihn nur ärgern wollten.

»Linda?« Winnie war wieder am Träumen.

»Ja, mein Kleiner?«

»Ist es bei Dir auch immer dunkel?«

»Nein, Winnie. Nur in der Nacht ist es dunkel.«

»Was ist Nacht, Linda?«

»Was Du für Fragen stellst, Winnie! Die Nacht ist das Gegenteil vom Tag. Am Tag ist es hell und in der Nacht ist es dunkel.«

»In der Ferkelaufzuchtbox ist es immer dunkel. Und in der Abferkelbox war es auch immer dunkel.«

»Das kann doch gar nicht sein. Überall gibt es Tag und Nacht.«

»Was ist Tag, Linda?«

»Am Tag scheint die Sonne und es ist warm. Wir spielen im Wald und auf der Wiese. Wir fressen und wühlen im Boden. Ihr müsst doch auch Tag haben.«

»Wir haben keinen Tag. Bei uns ist es nur hell, wenn das Mensch in den Stall kommt und Licht anmacht.«

»Welches Licht macht das Mensch an, Winnie? Macht es die Sonne an?«

»Nicht die Sonne. Ein helles Licht. Zuerst flackert es ein bisschen und dann schmerzt in den Augen.«

»Die Sonne flackert nicht. Die Sonne kommt morgens und geht abends wieder weg. Sie ist warm und hell.«

»Als ich noch klein war, hat das Mensch uns eine Sonne in die Box gehängt, eine Wärmelampe, die war auch warm und hell.«

»Das ist schön, Winnie.«

»Ich glaube, das Mensch macht uns Tag und Nacht.«

»Das Jäger kann kein Tag und Nacht machen.«

»Das Mensch schon«, erwiderte Winnie.

»Das Jäger macht auch keine Jahreszeiten«, sagte Linda.

»Wir haben hier keine Jahreszeiten.«

»Ach, Winnie, wo wohnst Du bloß?«

»Ich wohne in der Ferkelaufzuchtbox.«

»Und es gibt wirklich keinen Tag und keine Nacht und keine Jahreszeiten bei Euch?« Linda, die seit elf Jahren im Wald und auf der Wiese lebte, konnte sich das überhaupt nicht vorstellen. Sie lag im Sommer auf einer duftenden Wiese, suhlte sich bei Regen in einer schlammigen Pfütze, schnürte im Winter durch frisch gefallenen Schnee und schlief nachts, gewärmt mitten in ihrer Rotte, in einem mit Blättern, Heu und Moos ausgepolstertem Kessel. »Wo lebst Du bloß, mein Kleiner!«

»Ich lebe bei das Mensch«, antwortete Winnie.

Was sollte er sonst antworten? Es stimmte ja. Er kannte weder Tag noch Nacht. Er kannte keine Jahreszeiten, keine Wiese, keine Pfütze, keinen Schnee, keine Blätter, kein Heu und kein Moos. Er kannte nichts davon.

»Winnie, mein Kleiner, ich glaube, das Mensch ist nicht gut zu Euch. Ich glaube, es ist dasselbe wie das Jäger. Sei nur vorsichtig. Du, Deine Brüder und Schwestern, seid vorsichtig und nehmt Euch in Acht vor das Mensch!«

Linda entfernte sich in Winnies Traum und Winnie, der das schon kannte, versuchte nicht mehr, hinter ihr herzulaufen. Aber er war traurig. Sehr traurig.

Er dachte, dass er seinen Geschwistern vielleicht doch von Linda erzählen sollte und wachte auf.

»Ich weiß, warum es hier immer dunkel ist.« Die Ferkel hatten gefressen und lagen in einer Ecke beieinander. »Linda hat es mir erzählt.«

»Wer ist überhaupt Linda? Ich habe Dich das schon mal gefragt.« Prinzessa rückte näher an Winnie heran.

»Mit Linda spreche ich oft in meinen Träumen. Sie ist ein Wildschwein und hat dunkelbraunes Fell. Sie lebt auf der Wiese und im Wald. Dort hat sie Jahreszeiten. Wir haben keine Jahreszeiten.«

»Was bedeutet Jahreszeiten?« Bruno rückte auch näher an Winnie heran.

»Jahreszeiten sind Zeiten wie Sommer, Herbst, Frühling und Winter. Im Sommer liegt Linda auf einer Wiese und im Winter läuft sie durch frisch gefallenen Schnee.«

»Ich will auch auf die Wiese«, sagte Theresa. »Dort kann ich endlich Fußball spielen.«

»Du und Dein Fußball«, sagte Carlo. »Ich spiele lieber mit der Kette, das macht mir Spaß.«

»Fußball spielen macht mehr Spaß.«

»Nein, mit der Kette spielen macht mehr Spaß.«

»Hört auf, Euch zu streiten«, sagte Winnie.

»Was ist Schnee?«, fragte Prinzessa.

»Ich weiß nicht«, antwortete Winnie, »aber ich glaube, Schnee fällt nur in der Nacht.«

»Und was ist Nacht?«, fragte Prinzessa weiter.

»Nacht ist das Gegenteil von Tag. Wir haben keinen Tag und deshalb ist es hier immer dunkel.«

»Aber manchmal macht das Mensch Licht an und dann ist es hell«, sagte Bruno.

»Ja, das Mensch macht uns Tag und Nacht.«

»Wieso macht das Mensch das?«

»Ich weiß es nicht, Bruno«, erwiderte Winnie.

»Aber das Mensch gibt uns auch Futter.«

»Du denkst nur ans Fressen, Bruno«, warf Prinzessa ein, »Du wirst irgendwann noch platzen.«

»Ich werde nicht platzen.«

»Doch, irgendwann wirst Du wohl platzen.«

»Jetzt streitet Euch nicht schon wieder. Linda sagt, das

Mensch ist nicht gut zu uns und wir sollen uns in Acht nehmen.« Winnie dachte, dass es eine gute Idee wäre, den Geschwistern alles zu erzählen, was er wusste.

»Ich finde das Futter lecker, was das Mensch uns gibt.«

»Darum geht es nicht, Bruno.«

»Geht es wohl, Winnie.«

»Ich finde es blöd, dass das Mensch uns kein Klo gibt«, sagte Prinzessa.

Winnie seufzte. »Es geht nicht um das Klo, Prinzessa. Linda sagt, das Mensch ist dasselbe wie das Jäger. Sie sagt, das Jäger ist sehr gefährlich. Es verfolgt sie und will auf sie schießen.«

»Wieso will das Jäger schießen?«

»Ich weiß es nicht«, antwortete Winnie.

»Bin ich froh, dass wir bei das Mensch sind und nicht bei das Jäger«, erwiderte Prinzessa.

Winnie dachte, dass es vielleicht doch keine gute Idee wäre, den Geschwistern alles zu erzählen, was er wusste.

»16 Kilo 500 Gramm, 17 Kilo 100 Gramm, 16 Kilo und 200 Gramm.« Die Ferkel hatten gefressen und geschlafen und gefressen und geschlafen. Langsam wurden sie dick und rund. Selbst Winnie holte mit seinem Gewicht auf. Er hatte sich angewöhnt, die meiste Zeit durch die Gitterstäbe zu schauen.

Das Mensch kam in den Stall und ging aus dem Stall. Es machte Licht an und wieder aus. Es gab ihnen Futter. Manchmal spritzte es den Spaltenboden mit Wasser ab.

Winnie dachte oft an Mami. Und an Theo. Er dachte, dass beide schon so lange fort waren und ihm immer noch fehlten. Mit den Geschwistern und den fremden Ferkeln kam er gut aus und er konnte auch gut mit ihnen Fangen spielen, aber manchmal fühlte er sich sehr alleine. Auch Linda war nicht mehr in seinen Träumen aufgetaucht.

So ging die Zeit dahin und Winnie wurde neun Wochen alt.

»Macht Platz, wir rennen«, quiekten die Ferkel und kamen mit flatternden Ohren angesaust.

Winnie war gerade dabei, Matschepampe aus dem Trog zu fressen. Die Pampe schmeckte ihm zwar immer noch nicht, aber anderes Futter gab es keins. Es gab jeden Tag dasselbe.

Carlo stand in der Ecke und spielte mit der Kette.

»Hört mal.« Winnie stellte sich den rennenden Ferkeln in den Weg. Seine rosa Nase war mit Matschepampe verkleckert. »Hört mir mal zu«, sagte er, »ich habe etwas gerechnet.«

»Du Blödmann«, riefen die Ferkel, die mitten im Lauf bremsen mussten und alle übereinander purzelten.

»Du kannst doch auch rechnen«, wandte sich Winnie an Prinzessa.

»Klar kann ich rechnen«, antwortete sie und schälte sich aus dem Ferkelhaufen.

»Ich kann lesen«, sagte Bruno.

»Ich kann auch lesen«, sagte Carlo, »ich lese immer den Namen HappyPig auf meiner Kette.«

»Das ist nicht Deine Kette. Die Kette gehört uns allen«, quiekten die Ferkel durcheinander.

»Aber Ihr spielt nie mit ihr. Nur ich spiele mit ihr und deshalb gehört sie mir.« Carlo schnappte nach Bruno.

»Du und Deine Wackelkette.« Bruno schnappte zurück.

»Nicht beißen! Wir müssen jetzt rechnen.« Winnie stellte sich zwischen die beiden Brüder.

»Was soll ich rechnen?«, fragte Prinzessa.

»Du sollst etwas nachrechnen.«

»Ich will aber nicht nachrechnen, Winnie, ich will selber rechnen.«

»Prinzessa!« Winnie seufzte. »Gut, dann rechne selber aus, wie groß unsere Ferkelaufzuchtbox ist.«

Prinzessa konzentrierte sich. Sie legte ihren Kopf schief und eines der Schlappohren hing ihr über die Augen. »Ich sehe nichts. So kann ich nicht rechnen.«

»Mach Deinen Kopf gerade, dann kannst Du wieder sehen.«

Prinzessa hielt ihren Kopf gerade. »Ach so, danke, aber ich weiß trotzdem nicht, wie ich das ausrechnen soll.«

»In der Abferkelbox hast Du doch gewusst, wie viel Zentimeter sie groß ist.«

»Was ist Zentimeter?«, fragte Bruno.

»Zentimeter ist eine Maßeinheit«, sagte Prinzessa.

»Maßeinheiten sind blöd.«

»Du bist blöd«, sagte Winnie zu Bruno.

»In der Abferkelbox hatten wir um Mamis Käfig herum vierzig Zentimeter Platz zum Rennen.« Prinzessa konnte sich gut an den Tag erinnern, an dem sie die Größe der Abferkelbox ausgerechnet hatte. Es war der Tag gewesen, an dem Carlo sich das Bein verletzt hatte.

»Und wie viel Platz zum Rennen haben wir in der Ferkelaufzuchtbox?« Winnie beobachtete Prinzessa, die wieder ihren Kopf schief gelegt hatte. Das Ohr hing ihr wieder über die Augen, aber diesmal schien sie das nicht beim Rechnen zu stören.

»Die Ferkelaufzuchtbox ist drei Mal drei Meter groß«, antwortete sie.

»Und wie groß bist Du?«, fragte Winnie.

»Ich bin über zwanzig Kilo groß«, rief Bruno.

»Du bist zwanzig Kilo schwer, Bruno«, sagte Prinzessa. »Schwer ist eine andere Maßeinheit als groß.«

»Maßeinheiten sind cool«, sagte Bruno und trottete zum Futtertrog.

»Ich bin ungefähr dreißig Zentimeter groß und vierzig Zentimeter breit.« Prinzessa konnte gut rechnen.

»Und wie viele Ferkel sind wir in der Box?«

»Viel zu viele«, knurrte Carlo.

»Wir sind acht Geschwister und die fremden Ferkel.«

»Jetzt rechne aus, wie viel Platz wir acht Geschwister zum Rennen brauchen. Nur wir acht Geschwister.«

»Achtmal vierzig Zentimeter Breite pro Ferkel sind drei Meter und zwanzig Zentimeter. Die Box ist aber nur drei Meter breit.« Prinzessa konnte sehr gut rechnen. »Und wo rennen die fremden Ferkel?«, fragte sie.

»Genau das habe ich mich auch gefragt. Deshalb wollte ich, dass Du es nachrechnest«, sagte Winnie. Er konnte ebenfalls sehr gut rechnen.

»Das ist zu wenig Platz«, sagte Prinzessa. »Wieso macht das Mensch die Ferkelaufzuchtbox so klein?«

»Keine Ahnung«, erwiderte Winnie. »Vielleicht dürfen wir bald in eine größere Aufzuchtbox.«

»Vielleicht dürfen wir auf eine Wiese«, sagte Theresa, »ich will endlich Fußball spielen.«

»Du mit Deinem blöden Fußball«, knurrte Carlo und schnappte nach Theresa.

»Fußball ist nicht blöd«, schnappte Theresa zurück.

»Trüffel suchen ist auch nicht blöd«, sagte Adele.

Winnie seufzte und dachte, dass manche seiner Geschwister wirklich nicht die klügsten Ferkel waren.

Winnie schlief und träumte. Er träumte, dass er auf einer Wiese war. Mami war bei ihm und am Waldrand in der Ferne konnte er Linda mit ihren Kindern erkennen.

»Mami, da bist Du, ich habe Dich so vermisst.«

»Winnie, mein Schatz. Ich habe Dich auch vermisst.« Mami sah genauso schön aus wie früher, sie roch genauso gut und ihre Stimme war genauso weich und zärtlich wie er sie in Erinnerung hatte.

Winnie kuschelte sich eng an Mami und fühlte sich zum ersten Mal seit vielen Wochen wieder geborgen.

»Bist Du groß geworden, mein Kleiner.«

»Ja, ich wiege jetzt schon dreiundzwanzig Kilo.«

»Wie schön, da hast Du aber gut aufgeholt mit Deinem Gewicht.«

»Mami, warum bist Du von uns weggegangen?« Er musste sie das fragen.

»Ich musste, Winnie, ich musste. Das Mensch hat mich fortgebracht.«

»Aber wohin hat es Dich gebracht? Wo bist Du jetzt?«

Mami schüttelte ihren Kopf. »Nein, Winnie. Ich kann es Dir nicht sagen.«

»Ich will es aber wissen. Wohin hat der Transporter Dich gebracht?«

»Winnie, mein Engel, Du bist noch viel zu klein, um das zu hören. Du bist ein Kind und das ist nichts für Kinder.«

»Kinder sind zu klein, um zu erfahren, warum ihnen die Mami weggenommen wird, aber nicht zu klein, um ihnen die Mami wegzunehmen.« Winnie wurde wütend. »Ich will das aber jetzt wissen.«

»Nein, ich kann es Dir nicht sagen.« Mami schüttelte wieder ihren Kopf und Winnie sah, dass sie weinte.

»Bist Du auf einem Schlachthof? Und was ist das, ein Schlachthof?« Winnie schrie seine Fragen heraus. »Ist das eine Wiese? Bist Du jetzt auf einer Wiese?«

Plötzlich stand Linda in seinem Traum neben ihm. Sie neigte sich zu ihm und berührte ihn zart mit ihrem Rüssel. »Lass es gut sein, lass Deine Mami sein, wo immer sie jetzt auch ist.«

»Nein«, schluchzte er, »ich kann es nicht gut sein lassen. Ich glaube nämlich, dass ein Schlachthof keine Wiese ist.«

»Winnie, mein Kleiner, keiner weiß, was ein Schlachthof ist«, sagte Linda.

»Warum weiß es keiner?« Winnie schluchzte immer mehr. Er spürte etwas Bedrohliches. Etwas, das ihn, seine Geschwister und die fremden Ferkel bedrohte. Etwas, das auch Mami bedroht hatte. Und jetzt war sie fort.

Weit entfernt sah er sie am Waldrand stehen, sie drehte sich noch einmal zu ihm um und dann war sie fort.

Weinend wachte er auf.

»Was heulst Du denn so?«, fragte Carlo.

»Ich heule nicht. Mir ist nur aus Versehen ein bisschen Matschepampe ins Auge gekommen.« Zum ersten Mal schnappte Winnie nach Carlo. »Geh und spiel mit Deiner Kette.«

»27 Kilo 200 Gramm, 28 Kilo, 27 Kilo 600.« Die Ferkel waren jetzt fast zwölf Wochen alt. In der Box wurde es enger und enger. Rennen ging nicht mehr. Fangen spielen auch nicht. Winnie und seine Geschwister standen dicht gedrängt mit den fremden Ferkeln.

Manchmal standen sie auch übereinander. Wenn sie Angst hatten, weil das Licht angemacht wurde. Wenn das Mensch kam, um sauber zu machen.

Heute war wieder so ein Tag.

Der Boden und die Gitter wurden mit kaltem Wasser abgespritzt und der Futtertrog wurde gereinigt. Die Ferkel dachten, dass das Mensch nach dem Putzen das Licht wieder ausmachen und aus dem Stall gehen würde, aber es machte das Licht nicht aus und ging nicht aus dem Stall.

Es griff nach Prinzessa. Es hob sie hoch und trug sie aus der Box.

»Nein, ich will nicht. Wo bringst Du mich hin?«, quiekte Prinzessa und biss wild um sich.

»Hör auf zu strampeln und quietsch nicht so wild. Ich tu Dir doch nichts«, sagte das Mensch und ließ Prinzessa am Ende der Stallgasse in eine andere Box plumpsen. Winnie hörte sie aus der Ferne laut schreien.

Auch Lisbeth wurde zu Prinzessa gebracht. Auch sie schrie.

Adele versteckte sich im Ferkelhaufen.

Doch das Mensch fand sie und brachte sie ebenfalls weg.

Alle mit einem roten Strich auf dem Rücken wurden weggebracht. Alle schrieen.

Nur Theresa ließ sich ohne Geschrei forttragen. »Jetzt komme ich zur Wiese«, sagte sie, »da kann ich endlich Fußball spielen.«

»Ich glaube nicht, dass Du zu einer Wiese kommst«, rief Winnie ihr hinterher, aber Theresa hörte ihn nicht mehr.

Nun waren die Mädchen fort. Die Ferkel mit den blauen Strichen hatten sich zusammengedrängt und dachten, dass sie auch in eine andere Box getragen werden würden, aber das Mensch machte das Licht aus und ging aus dem Stall.

»Warum trägt das Mensch die Mädchen weg?«, fragte Bruno.

»Ich weiß es nicht«, antwortete Carlo, »aber so haben wir wenigstens mehr Platz hier in der Box.«

»Du bist gemein«, sagte Bruno.

Winnie fiel ein, dass Mami einmal zu Prinzessa gesagt hatte, dass sie auch in eine Abferkelbox gehen muss, weil sie ein Mädchen sei und Mädchen später Mamis würden und Mamis immer in eine Abferkelbox müssten.

»Ich weiß, wo die Mädchen sind«, sagte Winnie, »sie sind jetzt in einer Abferkelbox und werden Mamis.«

»Quatsch«, sagte Pit, »die sind noch zu klein, um Mamis zu werden.« Pit erinnerte sich gut an Mami und wusste, dass Mami viel größer und dicker gewesen war.

»Vielleicht werden sie später Mamis.« Winnie dachte an Prinzessa, die nie in eine Abferkelbox gehen wollte und war sehr traurig. Sie fehlte ihm schon jetzt.

»Und was passiert mit uns?«, fragte Carlo.

»Jetzt haben wir das ganze Futter für uns alleine«, sagte Bruno.

»Du bist gemein«, erwiderte Carlo.

Am nächsten Morgen, die Ferkel hatten noch nicht ausgeschlafen, kam das Mensch wieder in den Stall und machte das Licht an.

»So Jungs, jetzt seid Ihr dran«, sagte es und kletterte zu ihnen in die Box.

Winnie und seine Brüder drängten sich vor Angst in einer Ecke zusammen.

Das Mensch nahm Pit, hob ihn über die Gitterstäbe aus der Ferkelaufzuchtbox und stellte ihn in die Stallgasse. Pit ließ vor Schreck ein kleines Pfützchen auf den Boden laufen. Er sagte nichts. Er schrie auch nicht.

Jetzt nahm es Bruno, hob ihn über die Gitterstäbe und stellte ihn zu Pit. Bruno schrie auch nicht.

»Komm her, Hinkebein«, sagte das Mensch und hob Carlo aus der Box. »Na ja, im Schnitzel stört das keinen«, sagte es noch und stellte Carlo zu Bruno und Pit.

Carlo schrie.

Das Mensch hatte ihn genau an seinem wehen Bein angepackt. Und weil Carlo schrie, fingen auch Bruno und Pit zu schreien an. Sie wollten zurück in die Box. Die Ferkelaufzuchtbox war ihr Zuhause. Sie hatten Angst. Sie wussten nicht, was passieren würde.

Das Mensch nahm alle Ferkel heraus.

Winnie stand als letzter in der Ecke. In der Stallgasse schrieen seine Brüder.

Das Mensch kam auf ihn zu und wollte ihn packen.

Winnie rannte in eine andere Ecke. Das Mensch lachte. Es kam wieder auf ihn zu und Winnie konnte nicht mehr entkommen. Er wurde an den Hinterbeinen festgehalten und hochgehoben. Er schrie und biss. Das Mensch lachte wieder und stellte ihn zu den Brüdern in die Stallgasse.

»Na los, Jungs«, sagte das Mensch und schubste sie vorwärts.

Die Ferkel drängten sich zusammen und wollten nicht vorwärts gehen.

Das Mensch schubste und trat sie mit dem Fuß.

Die Ferkel drängten sich enger zusammen.

Das Mensch hatte einen Stock in der Hand und hieb sie mit dem Stock auf den Rücken, auf den Po und auf die Beine.

Die Ferkel schrieen. Vor Angst und vor Schmerzen.

Sie schrieen und drängten sich aneinander und gingen vorwärts.

Am Ende der Stallgasse sah Winnie einen Ausgang mit einer Tür. Die Tür stand offen und an der offenen Tür war eine Rampe. Die Rampe führte in einen Transporter.

Vor und neben ihm hörte er Angstgeschrei. Hinter ihm war das Mensch mit dem Stock.

Winnie sah, dass andere Ferkel aus anderen Boxen auch zu der Rampe getrieben wurden. Er wusste, dass sie jetzt zum Schlachthof gebracht werden würden. Er wusste zwar nicht, was ein Schlachthof war, aber alles war wie an dem Tag, als Mami ihnen fortgenommen worden war.

Nur wurden diesmal keine Mamis, sondern kleine, zwölf Wochen alte Ferkel die Rampe hoch in den Transporter getrieben.

 Alle Ferkel waren verladen und der Transporter fuhr vom Hof. Im Inneren des Transporters standen achtzig Ferkel mit Strichen auf dem Rücken. Blauen und roten Strichen.

Ohne sich wehren zu können, war Winnie in dem Gedrängel der von Panik ergriffenen Ferkel die Rampe hinauf in den Transporter geschoben worden und hatte einen Platz an einer Luftklappe gefunden. Der Schieber der Luftklappe war geöffnet und Winnie konnte durch den kleinen Schlitz des Schiebers sehen, wie sie vom Hof fuhren. Dem Hof seiner Kindheit. Dort, wo er mit seiner Mami und den Geschwistern gelebt hatte.

Carlo stand links neben ihm. Er war auf der Rampe gestolpert und hingefallen. Sein wehes Bein blutete. »Wo fahren wir hin?«, fragte er.

»Ich weiß es nicht«, sagte Winnie. »Vielleicht zu Mami.«

Sein Herz klopfte vor Angst so laut, dass er dachte, es sei im ganzen Transporter zu hören. »Vielleicht fahren wir zu Mami.«

»Nee, wir fahren zum Schlachthof«, sagte das Ferkel, das rechts neben Winnie stand. Es hatte einen roten Strich auf dem Rücken.

»Woher weißt Du das?«, fragte Winnie.

»Ich weiß es eben. Meine Mama hat es mir erzählt.«

»Was hat Deine Mama Dir erzählt?«

»Sie hat mir erzählt, dass Transporter immer zum Schlachthof fahren.«

»Hat Deine Mama Dir auch erzählt, was ein Schlachthof ist? Ist ein Schlachthof eine Wiese?«, fragte Winnie.

»Das weiß ich nicht. Das hat sie mir nicht erzählt.«

Der Transporter fuhr eine Straße entlang und Winnies Herz klopfte etwas ruhiger. »Wie heißt Du denn?«, fragte er.

»Ich heiße Silvie. Und wie heißt Du?«

»Ich bin Winnie und das ist Carlo.«

»Hallo Carlo. Was hast Du mit Deinem Bein gemacht?«

»Nichts Schlimmes. Es tut überhaupt nicht weh.« Carlo strahlte Silvie an. Offenbar hatte er sich auf den ersten Blick bis über beide Schlappohren in sie verliebt. Winnie dachte, dass er Carlo noch nie so lächeln gesehen hatte.

»Warum bist Du nicht in einer Abferkelbox, Silvie, Du bist doch ein Mädchen?«, fragte Winnie.

»Nicht alle Mädchen müssen in die Abferkelbox«, sagte Silvie. »Manche kommen auch zum Schlachthof.«

Der Transporter fuhr jetzt eine lange Kurve. Die Ferkel fanden auf dem blanken metallenen Boden keinen Halt und purzelten übereinander. Alle achtzig quietschten und schrieen vor Schreck. Noch eine Kurve. Diesmal in die andere Richtung. Alle Ferkel purzelten und schrieen. Als sie wieder auf ihren Füßen standen, fuhr der Transporter schneller. Winnie konnte durch den Schlitz an dem Schieber eine große zweispurige Straße sehen.

»Kannst Du lesen?«, fragte er Silvie.

»Natürlich kann ich lesen.«

»Ich kann auch lesen«, warf Carlo ein und strahlte Silvie wieder an.

»Lies mal, was auf dem Schild steht«, sagte Winnie und machte Silvie Platz, damit sie durch den Schlitz gucken konnte.

»Autobahnkreuz-Ost«, las sie vor.

»Cool«, sagte Carlo, »wir fahren auf der Autobahn.«

»Geht der Weg zu einer Wiese über die Autobahn?«, fragte Winnie.

»Was ist eine Wiese?«, wollte Silvie wissen.

»Eine Wiese ist …«, setzte Winnie an, aber der Transporter war langsamer geworden und fuhr schon wieder eine Kurve. Und noch eine Kurve. Achtzig Ferkel purzelten übereinander. Der Transporter fuhr über einen holprigen Weg und alle wurden durchgeschüttelt.

»Langsam wird mir übel von den ganzen Kurven«, sagte Carlo.

»Mir auch. Mir auch.« Einige Ferkel sahen aus, als ob sie sich gleich übergeben müssten.

Der Transporter kam zum Stehen. Winnie äugte durch den kleinen Luftschlitz an dem Schieber und sah etwas Grünes.

»Eine Wiese, wir sind auf einer Wiese«, schrie er. Die Wiese sah genauso aus wie in seinen Träumen, deshalb wusste er, dass es eine Wiese war. Winnies Herz klopfte so laut, dass er dachte, es sei im ganzen Transporter zu hören. Diesmal klopfte es nicht vor Angst, sondern vor Freude. Silvie hatte sich geirrt. Sie waren nicht zu einem Schlachthof gefahren. Vielleicht würde er Mami gleich wiedersehen.

Die Türe des Transporters öffnete sich und ein fremdes Mensch kletterte die Rampe zu ihnen hoch. »Willkommen in Eurem neuen Zuhause«, sagte es und trieb sie die Rampe hinunter.

Winnie rannte ins Freie. Es war wunderschön. Die Sonne schien und die Luft roch nach Frühling. Die Wiese war ganz nah und in der Ferne konnte man ein Wäldchen sehen. Vielleicht würde er Mami wiedersehen und sogar Linda treffen. Hinter ihm rannten die anderen Ferkel ins Freie. Winnie blieb stehen. Neben ihm standen Carlo und Silvie. Auch Bruno und Pit waren plötzlich wieder da.

»Beinahe hätte ich gekotzt«, sagte Bruno, »wenn die Fahrt länger gedauert hätte, hätte ich bestimmt gekotzt.«

Silvie lachte und Carlo strahlte sie an.

»Weiter, Ihr Schweinchen«, sagte das Mensch und trieb sie auf ein Gebäude zu.

Winnie wollte zu der Wiese, nicht zu dem Gebäude. Das Mensch schlug ihn mit einem Stock. Es schlug alle Ferkel mit dem Stock und sie drängten sich zusammen.

Das Mensch trieb sie zu einer Tür im Gebäude. Die Tür stand offen und dahinter war eine Stallgasse zu sehen.

Winnie wollte nicht zum Stall. Er stemmte die Beine in den Boden, doch in dem panischen Gedrängel der Ferkel wurde er durch die Tür in die Stallgasse geschoben. Dort stand ein anderes fremdes Mensch und sortierte die Ferkel in Boxen ein.

»Leb wohl, Carlo«, sagte Silvie.

»Nein«, schrie Carlo und biss vor Verzweiflung und Wut um sich, doch er wurde mit Winnie, Bruno und Pit in eine andere Box als Silvie einsortiert.

Carlo dachte, dass er Silvie nie mehr wiedersehen würde und das Lächeln verschwand von seinem Gesicht.

Das Mensch machte das Licht aus und ging.

»Hey Mann, wer bist denn Du?« Ein dicker rosa Kraftprotz stellte sich Winnie in den Weg.

»Ich bin Winnie.«

»Winnie ist ein blöder Name. Hört sich an wie Minnie,

aber Du bist ja auch nicht gerade groß und stark.«

»Winnie ist kein blöder Name. Winnie kommt von Winnifred.«

»Winnifred ist noch schlimmer. Ich werde Dich Minnie nennen.«

»Wie heißt Du denn?«

»Ich bin Eddie.«

»Wo sind wir hier?« Winnie, der von der Fahrt mit dem Transporter und Carlos Liebeskummer noch vollkommen durcheinander war, dachte, dass Eddie ihn irgendwie an Theo erinnerte. »Warum sind wir nicht auf der Wiese?«

»Welche Wiese?«

»Die Wiese draußen. Draußen vor dem Gebäude.«

»Oh, Minnie, Du Blödmann, die Wiese ist nicht für uns. Die ist nur so da draußen. Wir sind hier drinnen.«

»Aber wo sind wir, Eddie?«

»In einem Schweinemaststall.«

»Ich dachte, dass wir auf die Wiese dürfen.«

»Das denken alle, die hier ankommen. Aber das kannst Du vergessen. Vergiss die Wiese, Minnie.«

»Wo ist denn hier der Futtertrog?« Bruno war zu Eddie und Winnie getreten. Sein Gefühl, fast kotzen zu müssen, schien er schon überwunden zu haben.

»Hallo Speckröllchen, wer bist denn Du? Ist der mit Dir zusammen im Transporter angekommen, Minnie?«

»Ja, das ist mein Bruder Bruno.«

»Hey, Bruno, Du stehst gut im Futter. Da wird sich das Bauer aber freuen.«

»Wo ist jetzt hier der Futtertrog?« Bruno ließ sich nicht so schnell von seinem Hungergefühl ablenken.

»Sag erstmal Guten Tag, Speckröllchen!«

»Guten Tag, Speckröllchen.«

»Nein, sag Guten Tag, Eddie. Ich heiße Eddie.«

Bruno murmelte etwas nicht sehr Freundliches und entfernte sich.

»Hast Du noch mehr so dicke Brüder?« Eddie lachte.

»Ich kann die Wiese nicht vergessen. Ich dachte, dass wir auf die Wiese kommen und ich Mami wiedersehen kann.« Winnie weinte beinahe. Er war immer noch völlig durcheinander.

»Hey Minnie, bist Du ein Mamikind?«

»Ich bin kein Mamikind.« Winnie weinte nun wirklich. Dieser Tag war zu anstrengend. Gestern hatte er Prinzessa und die anderen Schwestern verloren. Heute war er in der Ferkelaufzuchtbox aufgewacht und zwei Stunden später fand er sich in dieser fremden Umgebung mit fremden Gerüchen und fremden Ferkeln wieder. Winnie weinte bitterlich.

»Nee, Du bist kein Mamikind, Minnie«, sagte Eddie, »es tut mir leid. Hör auf zu weinen.«

»Aber ich hatte mich so gefreut«, schluchzte Winnie. »Erst hatte ich so große Angst, weil Silvie gesagt hat, dass Transporter immer zum Schlachthof fahren, aber dann sind wir hierher gefahren und ich habe die Wiese gesehen und mich so gefreut.«

»Wer ist denn Silvie?«

»Silvie ist Carlos Freundin.«

»Ach so. Und wer ist Carlo?«

»Mein Bruder.«

»Ist der genauso dick wie Bruno?«

»Carlo ist nicht dick. Er ist dünn und hat ein wehes Bein. Das Bein hat geblutet im Transporter.«

»Ach, der. Den habe ich vorhin schon gesehen.«

Winnie hatte aufgehört zu schluchzen. »Wo sind wir hier, Eddie?«, fragte er.

»Habe ich Dir doch gesagt. Im Schweinemaststall.«

»Was ist ein Schweinemaststall?«

»Das erkläre ich Dir später. Jetzt muss ich erstmal ein Schläfchen machen. Ich bin müde«, antwortete Eddie.

»Ich bin auch müde«, sagte Winnie, »aber zuerst muss ich mal Pipi. Gibt es hier eine Klo-Ecke?«

»Ja, da hinten.«

»Danke, Eddie.«

»Gern geschehen, Minnie.«

Winnie ging Pipi machen, suchte sich danach in der Box eine ruhige Ecke, legte sich hin und schlief augenblicklich ein.

Plötzlich wurde er wach. Eddie hatte ihn in die Schulter geboxt.

»Hey Mann, Schlafmütze, steh auf!«

»Was ist los, Theo?«

»Theo? Ich bin nicht Theo. Ich bin Eddie. Kannst Du Dir das nicht merken!«

»Doch, Entschuldigung. Was ist los, Eddie?«

»Dein dicker Bruder heult.«

»Was für ein dicker Bruder?« Winnie war noch nicht ausgeschlafen und verstand nicht, was Eddie meinte.

»Dein Speckröllchen-Bruder.«

»Du meinst Bruno?«

»Ja, Bruno. Der heult.«

Winnie sprang auf, drängelte sich durch die Ferkel und fand Bruno. »Warum weinst Du?«, fragte er ihn.

»Ich habe Hunger und hier gibt es nichts zu essen. Ich verhungere gleich.«

Die Ferkel, die bei Bruno standen, lachten.

»Was lacht Ihr so blöd?«, fauchte Bruno.

»Du siehst nicht so aus, als ob Du verhungern würdest«, lachten die Ferkel.

»Lasst den in Ruhe«, brüllte Eddie, »das ist der Bruder von Minnie.« Eddie schien eine Art Anführer zu sein, denn die Ferkel hörten auf zu lachen und entfernten sich.

»Danke Eddie«, sagte Winnie.

»Nichts zu danken«, antwortete Eddie. »Du bist doch mein Freund.«

»Ich bin gerne Dein Freund. Du erinnerst mich an Theo.«

»Wer ist denn Theo?«

»Theo ist mein Bruder. Nein, er war mein Bruder. Theo ist tot. Er ist früh gestorben.«

»Ich sterbe auch gleich«, fing Bruno wieder an zu heulen. »Ich sterbe, wenn ich kein Essen kriege.«

Eddie führte Bruno zu einer Röhre, die am Rand der Box befestigt war. »Hör zu, Bruno«, sagte er, »das ist unser vollautomatischer und computergesteuerter Multi-phasenfutterautomat mit Kreiselpumpe, Sensorsystem, integrierten Fressplatzteilern und tiergerecht abgerundeten Ecken. Hier kannst Du essen und trinken, wie und wann es Dir beliebt.«

Bruno staunte und steckte seinen Rüssel in die silbern glänzende metallene Futterschale am Ende der Röhre. »Die ist leer«, heulte er direkt wieder los.

»Die ist nicht leer. Du musst Deinen Transponder an den Sensor halten.«

»Häh?« Bruno wusste weder was ein Transponder noch ein Sensor war.

»Das Ding«, sagte Eddie, »Du musst das Ding an das Ding halten.«

»Was muss ich wo hinhalten?«

»Bruno, der Chip in Deinem Ohr. Das ist der Transponder. Du musst Dein Ohr an den Sensor von dem Futterautomat halten, und der gibt Dir dann Dein Futter automatisch frei. Genau auf Dich und Dein Gewicht abgestimmt. Sogar Kleinstmengen von Vitaminen können punktgenau damit dosiert werden.«

»Mein Ohr?«, staunte Bruno, »die Marke in meinem Ohr gibt mir Futter?«

»Die Marke in Deinem Ohr gibt Dir kein Futter. Die Marke ist ein Chip und dieser Chip ist per Funk mit dem Fütterungscomputer verbunden. Über den Computer steuert das Bauer die Menge und Zusammensetzung aller Futterkomponenten für Dich und reduziert damit seine Futterkosten.«

»Cool«, sagte Bruno.

»Woher weißt Du das alles?«, fragte Winnie.

»Das Bauer hat ein Prospekt hier im Stall herumliegen lassen. Ich habe das Prospekt gelesen.«

»Was ist ein Prospekt?«

»Das ist nur Reklame. Reklame von der Fabrik, die den Futterautomat gebaut hat. Die Fabrik heißt HappyPig.«

»Der Napf ist immer noch leer«, schrie Bruno, »ich hab mein Ohr an das Ding gehalten und trotzdem bleibt der Futternapf leer.«

»Immer mit der Ruhe, Bruno.« Eddie war ein geduldiger Freund. »Hat es gepiept, als Du Dein Ohr mit dem Chip an den Sensor gehalten hast?«

»Nein, es hat nicht gepiept. Ich verhungere gleich und es piept nicht.«

»Du muss Dein Ohr an den Sensor halten, bis es piept. Erst dann wird Dein Futter freigegeben.«

Bruno hielt sein Ohr mit der Marke nochmal an den Sensor. Es piepte und eine Portion Matschpampe quoll elektronisch gesteuert in den Trog. Bruno stürzte sich darauf.

»Siehst Du, Speckröllchen, so werden heutzutage in der Schweinemast die Voraussetzungen für beste Schlachtkörperqualität erzeugt«, sagte Eddie und lachte.

Winnie lachte auch. Er mochte Eddie. Eddie war zwar ein Rüpel, aber er hatte ein großes Herz. Das erinnerte ihn an Theo. Und diese Erinnerung tat Winnie gut.

»Was ist Schlachtkörperqualität?« fragte Winnie, als er und Eddie zurück zum Schlafplatz gingen.

»Keine Ahnung«, sagte Eddie, »das stand im Prospekt von das Bauer.«

»Und was ist das Bauer?«

»Es bedient den Computer. An manchen Tagen kommt es zu uns in die Box und macht sauber. Es treibt uns hier herein. Es hat auch Dich hier hereingetrieben. Ich glaube, wir gehören das Bauer.«

»Wo ich vorher gewohnt habe, gab es kein Bauer. Da gab es das Mensch.«

»Was ist das Mensch?« Eddie schaute Winnie fragend an.

»Das Mensch ist so etwas Ähnliches wie das Bauer. Es geht auf zwei Beinen. Es hat uns Futter gebracht und den

Stall sauber gemacht. Linda sagt, das Mensch ist dasselbe wie das Jäger.«

»Was ist das Jäger? Und wer ist Linda?«

»Linda ist ein Wildschwein. Sie hat keine rosa Haut und sie gehört nicht das Jäger. Sie wohnt im Wald und auf der Wiese. Ich kenne sie aus meinen Träumen.«

»Ach so«, sagte Eddie.

»Das Jäger«, erzählte Winnie weiter, »ist gefährlich und gemein. Es schießt auf Linda. Wir sollen uns vor das Jäger in Acht nehmen, sagt sie.«

»Gut«, erwiderte Eddie, »mach ich. Ich nehme mich vor das Jäger in Acht.«

»Eddie?«

»Ja, Minnie?«

»Hast Du auch Brüder?«

»Früher hatte ich zwei Brüder, aber die sind tot. Als sie uns die Klöten abgeschnitten haben, sind sie gestorben. Hast Du auch die Klöten ab?«

»Ja, ich habe auch die Klöten ab«, antwortete Winnie, »aber Mami sagt, dass sie die Ausdrucksweise nicht hören will«, fügte er an. »Hast Du auch eine Mami, Eddie?«

Eddie, der sonst eine ziemlich große Klappe hatte, fing unvermittelt an zu weinen. »Ich hatte eine Mami«, weinte er, »das Bauer hat sie in den Transporter getrieben, als ich noch klein war.«

»Das Bauer ist gemein«, sagte Winnie.

»Ja, das Bauer ist gemein«, sagte Eddie schluchzend.

»Das Mensch ist auch gemein. Prinzessa hat gesagt, sie mag das Mensch nicht.«

»Wer ist Prinzessa?«

»Meine Schwester. Die wohnt jetzt in der Abferkelbox.

Hast Du auch eine Schwester, Eddie?«

»Ich hatte sechs Schwestern.«

»Sind die auch in einer Abferkelbox?«, fragte Winnie.

»Ich weiß es nicht. Das Bauer hat sie weggetragen.«

»Das Bauer ist gemein. Es trägt unsere Schwestern fort, treibt unsere Mamis in Transporter und schneidet uns die Klöten ab. Das Bauer ist genauso gemein wie das Mensch und wie das Jäger«, sagte Winnie wütend.

»Weißt Du, was ich glaube?« Eddie hatte aufgehört zu schluchzen. »Ich glaube, das Bauer ist dasselbe wie das Mensch und dasselbe wie das Jäger.«

»Das kann nicht sein«, erwiderte Winnie.

»Warum nicht, Minnie?«

»Das Bauer ist hier, das Jäger ist bei Linda im Wald und das Mensch ist da, wo ich früher gewohnt habe.«

»Stimmt. Es kann nicht dasselbe sein«, sagte Eddie.

»Vielleicht kann es überall gleichzeitig sein?«, fragte Winnie.

»Quatsch, es kann nicht überall gleichzeitig sein. Ich glaube, es ist doch nicht dasselbe.«

»Vielleicht doch? Vielleicht ist das Bauer, das Mensch und das Jäger so wie Linda und ich«, sagte Winnie.

»So wie Linda und Du? Linda hat doch keine rosa Haut, hast Du erzählt.« Eddie schaute Winnie fragend an.

»Linda hat dunkelbraunes Fell mit schwarzen Borsten, aber sie ist trotzdem ein Schwein. Ein Wildschwein.«

»Das Bauer ist doch kein Schwein«, sagte Eddie.

»Eddie, verstehst Du nicht? Linda sieht zwar anders aus, aber sie ist ein Schwein. Sie gehört zu derselben Gruppe Tiere. Vielleicht ist das Bauer, das Mensch und das Jäger auch eine Gruppe von Tieren. Eine eigene Gruppe.«

»Vielleicht hast Du Recht«, sagte Eddie und ein Lächeln bahnte sich den Weg durch seine Tränen. »Das Bauer und das Mensch und das Jäger ist dasselbe. Es ist eine eigene Gruppe Tiere. Es ist das Zweibeiner und Zweibeiner sind überall gleichzeitig.«

Winnie lächelte auch und dachte, dass sich im Gespräch mit Eddie viele Fragen, die ihn schon lange bedrängten, klären konnten. Ja, er war gerne Eddies Freund.

»Eddie?«

»Hmm?«

»Kannst Du aufhören, mich Minnie zu nennen? Ich bin doch jetzt Dein Freund und ich will nicht Minnie genannt werden.«

»Okay, Minnie, ich werde Dich Winnie nennen.«

Winnie und Eddie hatten aus dem Futterautomat ihre bemessene Dosis Matschepampe gefressen und lagen nun aneinandergekuschelt auf dem Schlafplatz.

»Warum gibt es das Zweibeiner auf der Welt?«, fragte Eddie mit bekümmertem Gesicht. »Und warum muss es überall sein? Gibt es einen Ort, wo es nicht ist?«, fragte er weiter.

»Keine Ahnung«, antwortete Winnie und gähnte.

»Winnie?«

»Ja?« Winnie gähnte nochmal.

»Glaubst Du, dass das Zweibeiner anderen Zweibeinern auch die Klöten ohne Betäubung abschneidet?«

»Vielleicht«, murmelte Winnie und schlief ein.

Winnie schlief und träumte. Er träumte, dass er mit Bruno, Carlo, Pit, Silvie und anderen Schweinen wieder im

Transporter fuhr. Er stand an dem Schlitz der Luftklappe und schaute hinaus. Er sah nur Strassen. Es war heiß im Transporter und Winnie hatte Durst.

Und er hatte große Angst. Alle Schweine hatten Durst und Angst. Es stank im ganzen Transporter nach Durst und Angst. Es war eng und sie standen dicht an dicht. In seinem Traum spürte Winnie das Gewackel der Kurven und beinahe wurde ihm übel. Sie fuhren und fuhren. Stundenlang. Über eine lange Strasse.

Dann hielt der Transporter, die Tür öffnete sich und ein Mensch kletterte auf die Rampe. Das Mensch hatte einen weißen Overall an und eine weiße dünne Maske vor Mund und Nase. Es trieb sie die Rampe hinunter und Winnie wurde mit den anderen Schweinen aus dem Transporter geschoben.

Vor ihnen war ein großes graues fensterloses Gebäude mit einem offen stehenden Tor. Über dem Tor sah Winnie Buchstaben, aber er konnte ja nicht lesen. Auch nicht im Traum. Seine Brüder, die lesen konnten, hatte er in dem Gedrängel an der Rampe aus den Augen verloren. Einige der Schweine waren schon durch das Tor in das Gebäude getrieben worden.

Plötzlich hörte er einen Schrei. Der Schrei kam aus dem Inneren des Transporters. »Nein, Winnie, geh nicht! Bleib hier!« Die Stimme kam ihm bekannt vor. Es war Mami, die schrie.

Winnie wollte zurück zur Rampe, zurück zu Mami, aber der Weg war durch die aus dem Transporter entgegen drängenden Schweine versperrt. »Mami, Mami«, rief er und versuchte, zurück zur Rampe zu kommen.

»Winnie, nein, geh nicht«, schrie Mami aus dem Inneren

des Transporters, »komm zurück, geh nicht dort hinein!«

»Ich kann nicht. Ich komme nicht vorbei.«

»Du musst aber.« Mamis Schreie wurden immer lauter.

»Ich schaffe es nicht, zu Dir zu kommen.«

»Winnie, komm zurück. Geh nicht dort hinein!« Mamis Stimme war schrill vor Angst.

Winnie trat und biss um sich. Er versuchte, sich einen Weg durch die Schweine zu bahnen. Es ging nicht. Er war eingekeilt und konnte sich nicht bewegen.

»Es ist der Schlachthof, Winnie, der Schlachthof! Geh nicht!« Er hörte Mami jetzt nur noch aus der Ferne. »Das Mensch will Deinen Speck, hörst Du, Deinen Speck.«

Winnie nahm all seine Kräfte zusammen und trat mit Vorder- und Hinterbeinen um sich. Er kam nicht frei.

»Mami«, schluchzte er und dachte im Traum, dass dieser Moment der schlimmste Moment in seinem bisherigen Leben sei.

»Tritt mich doch nicht dauernd, Du Blödmann!« Eddie weckte ihn unsanft auf.

»Ich habe von Mami geträumt«, sagte Winnie.

»Ach, bist Du doch ein Mamikind?«, fragte Eddie.

»Nein«, sagte Winnie, »ich bin kein Mamikind. Aber wir dürfen nie mehr in einen Transporter gehen.«

»Ist gut«, erwiderte Eddie, »wir gehen nie mehr in einen Transporter.«

»In Transportern gibt es sowieso nichts zu essen«, sagte Bruno, der von Winnies Tritten ebenfalls aufgewacht war.

Bruno war in den nächsten Wochen auch derjenige, der es wieder und wieder schaffte, das Bauer zur Weißglut zu treiben, denn er hatte schnell begriffen, wie er den Transponder an den Sensor halten musste, damit die silberne Röhre Futter für ihn freigab. Seitdem hielt er jede halbe Stunde sein Ohr an den Sensor.

Und weil bei den Ferkeln immer Halbdunkel war und sie deshalb keine Tageszeiten kannten, hielt Bruno auch in der Nacht jede halbe Stunde sein Ohr an den Sensor und das überlastete den computergesteuerten automatischen Multiphasenfutterautomat so sehr, dass er regelmäßig zusammenbrach und abstürzte.

Das Bauer stapfte im Schlafanzug wutentbrannt in den Stall und musste seinen vor sich hin piependen Computer mühsam wieder hochfahren. »So habe ich mir das nicht vorgestellt«, fluchte es vor sich hin, »nein, so habe ich mir das mit diesem modernen Zeug wirklich nicht vorgestellt. Der Computer hat eine Menge Geld gekostet und jetzt ist er mitten in der Nacht dauernd kaputt.«

Die Ferkel hatten ihren Spaß an dem Schauspiel.

»Das Zweibeiner ist nicht sehr schlau«, sagte Eddie eines Nachts zu Winnie, als Bruno sie wieder einmal aus dem Schlaf gepiept hatte. »Es könnte doch den Computer abstellen.«

»Vielleicht weiß es nicht, wie es uns ohne den Computer füttern soll«, erwiderte Winnie. »Bei das Mensch, wo ich vorher gewohnt habe, gab es nur einen Wiegecomputer, keinen Futtercomputer.«

»Vielleicht ist das Mensch eine schlauere Gruppe von Zweibeinern als das Bauer?« Eddie lachte.

Winnie lachte auch und schaute zu das Bauer, das sich mit dem Computer abmühte.

»Weißt Du eigentlich, was HappyPig heißt?«, fragte Winnie. »Auf unserem Wiegecomputer war ein Aufkleber und darauf stand HappyPig. Auf dem Futtercomputer von das Bauer steht das auch. Weißt Du, was das heißt?«

»HappyPig? Das ist doch die Fabrik mit dem Prospekt.«

»Was ist ein Prospekt?«, fragte Bruno, der bei Eddie und Winnie stand und ebenfalls zuschaute, wie das Bauer den Computer mitten in der Nacht reparierte.

»Das ist nur Reklame. Reklame von der Fabrik, die den Futterautomat gebaut hat«, antwortete Eddie.

»Cool, eine Fabrik hat meinen Futterautomat gebaut«, sagte Bruno.«

»Das ist nicht Dein Futterautomat«, schrieen alle Ferkel.

»Kannst Du Dich an unseren Wiegecomputer erinnern, Bruno, der hatte doch einen Aufkleber?«, fragte Winnie.

»Klar. Du meinst den Aufkleber mit dem Bild von den lachenden Ferkeln auf der Wiese.«

»Ich meine die Buchstaben, Du Blödmann.«

»Ach so, die Buchstaben. Das hieß HappyPig. Aber was bedeutet das denn?«

»Damals hast Du gesagt, dass Pig vielleicht Schwein heißt, das andere Wort kanntest Du nicht.«

»Stimmt«, erwiderte Bruno.

»Weißt Du jetzt, was das andere Wort heißt?«

»Welches Wort?« Bruno schien durch den Umzug in den Schweinemaststall nicht wirklich schneller von Begriff geworden zu sein.

»Du hast damals gesagt, dass Du nicht weißt, was Happy heißt.«

»Ja, das stimmt. Ich erinnere mich. Und was heißt jetzt Happy?«, fragte Bruno und kratzte sich hinter dem Ohr.

»Ich weiß, was Happy heißt«, mischte sich Carlo in das Gespräch. »Happy heißt glücklich.«

»Woher weißt Du das?«, fragte Winnie.

»Das steht doch auf meinem Wackelball«, sagte Carlo. Den Ball, der an einer metallenen Kette in der Box hing, hatte Carlo direkt am ersten Tag entdeckt.

»Auf Deinem Ball steht, dass Happy glücklich heißt?«

»Das steht da nicht, aber der Ball macht mich glücklich und deshalb denke ich, dass Happy glücklich heißt.«

»Wie kann ein blöder Wackelball glücklich machen?«, fragte Pit.

Alle Ferkel hatten am ersten Tag in ihrem neuen Zuhause den Ball bestaunt. Auf dem Kunststoffball stand, dass dieses Spielzeug lebensmittelecht sei, beruhigen und ablenken würde und zur Verminderung der Aggressivität diene. Jedes Ferkel hatte einmal mit dem Ball gewackelt und dann hatten sie ihn Carlo überlassen.

»Das ist kein blöder Wackelball. Das ist mein Ball.«

»Ja, Carlo, das ist Dein Ball«, sagten Eddie, Bruno und Winnie im Chor. Carlo tat ihnen leid. Er lächelte nie, hatte Liebeskummer und immer Schmerzen an seinem kranken Bein.

»Wenn Happy glücklich heißt und Pig heißt Schwein, dann heißt HappyPig doch glückliches Schwein, oder?«, fragte Winnie in die Runde.

»Ja, ich glaube schon«, murmelte Carlo und humpelte zurück auf seinen Schlafplatz.

»Mich macht der Futterautomat glücklich, also stimmt das mit dem glücklichen Schwein«, sagte Bruno und setzte sich in Bewegung. Er hatte gesehen, dass das Bauer den Computer fertig repariert hatte und aus dem Stall gestapft war. »HappyPig finde ich cool«, rief er Winnie und Eddie noch zu, bevor er wieder sein Ohr an den Sensor hielt.

»Ich finde HappyPig nicht cool«, sagte Winnie. »Eine Fabrik, die Sachen wie Wiegecomputer, Futterautomaten, Wackelbälle und einen Sichtschutz gegen Bissverschleiß baut und sich glückliches Schwein nennt, finde ich nicht cool. Die finde ich blöd.«

»Hmm«, sagte Eddie, »irgendwie hast Du Recht.«

Die Ferkel waren wieder zur Ruhe gekommen und lagen auf ihren Schlafplätzen. Winnie und Eddie hatten sich zusammengekuschelt und konnten noch nicht einschlafen.

»Winnie?«, fragte Eddie, »warum nennt sich die Fabrik HappyPig? Was glaubst Du?«

»Wenn die Fabrik, die Sachen für Schweine baut, sich glückliches Schwein nennt, muss die Fabrik wohl denken, dass diese Sachen Schweine glücklich machen, oder?«

»Hmm«, antwortete Eddie. »Bist Du glücklich?«, fragte er dann.

»Nein«, sagte Winnie. »Ich bin mein ganzes bisheriges Leben im Halbdunkel eingesperrt. Ich kenne keinen Tag und keine Nacht. Ich kenne keine Jahreszeiten, keine Wiese, keine Pfütze, keinen Schnee, keine Blätter, kein Heu und kein Moos. Meine Mami wurde mir, als ich drei Wochen alt war, weggenommen. Ich habe einen abgeknipsten Ringelschwanz, abgeschliffene Eckzähne und abgeschnittene Klöten. Ich muss jeden Tag Matschepampe aus einem Automat fressen. Nein, ich bin nicht glücklich.«

»Vielleicht meint die Fabrik nicht uns, sondern andere Schweine? Vielleicht meint sie Schweine wie Linda?«

»Aber Linda gibt es nur im Traum«, sagte Winnie.

»Ist Linda in Deinem Traum glücklich?«

»Ich denke schon«, antwortete Winnie. »Sie wird zwar von das Jäger verfolgt, aber sie kann Gras, Brennnesseln, Blätter, Eicheln, Bucheckern, Äpfel, Beeren, Getreide, Mais, Kartoffeln, Würmer, Schnecken, Insekten, Larven, Mäuse und Vogeleier fressen. Sie sonnt sich im Sommer auf einer duftenden Wiese und läuft im Winter durch frisch gefallenen Schnee. Ihre Kinder müssen nicht mit einem blöden Wackelball spielen.«

»Das ist kein blöder Ball«, sagte Carlo traurig aus dem Halbdunkel.

»Nein, Carlo, der Ball ist nicht blöd«, antwortete Winnie in das Halbdunkel hinein.

»Meine Schwester Theresa wollte für ihr Leben gerne Fußball spielen«, erzählte er weiter, »aber jetzt ist sie in der Abferkelbox eingesperrt und wird nie Fußball spielen. Theresa ist bestimmt auch nicht glücklich.«

»Eine meiner Schwestern wollte Trüffel suchen gehen«, sagte Eddie.

»Meine Schwester Adele wollte auch Trüffel suchen.«

Die beiden Freunde seufzten.

»Warum macht das Zweibeiner das?«, fragte Eddie.

»Was das?«, fragte Winnie zurück.

»Das alles. Dass es uns im Halbdunkel einsperrt. Dass es uns Körperteile abschneidet. Dass es uns nicht Fußball spielen oder Trüffel suchen lässt. Das alles eben.«

»Ich weiß es nicht«, erwiderte Winnie.

Beide seufzten erneut.

Plötzlich gab der Futterautomat wieder ein Alarmsignal von sich und fing wie wild an zu piepen.

Bruno lachte. »Jetzt darf das Bauer mitten in der Nacht nochmal aufstehen und in den Stall stapfen, um meinen

Futterautomat zu reparieren«, sagte er verschmitzt.

»Das ist nicht Dein Automat«, sagten Winnie und Eddie und lachten auch.

»Doch, das ist wohl mein Automat«, antwortete Bruno, »mein ich-bin-ein-glückliches-Schwein-Automat.«

Am nächsten Morgen kam das Bauer unausgeschlafen in den Stall und machte Licht. »Dann wollen wir mal« sagte es und stellte einen Käfig in ihre Box, der aussah wie ein Ferkelschutzkorb. Zwanzig Schweine erschraken und drängten sich quiekend in einer Ecke zusammen. »Ihr seid jetzt acht Wochen hier, Ihr müsst auf die Waage« sagte es, und zwanzig Schweine quiekten noch lauter und kletterten vor Schreck übereinander.

Das Bauer lachte und schubste sie nacheinander in den Käfig. Wenn ein Schwein im Käfig stand, schlossen sich Bügel und das Schwein war gezwungen, stillzustehen. Der Boden des Käfigs wackelte und keines der Schweine stand still. Alle zappelten herum. Das Bauer schimpfte mit den Schweinen.

»70 Kilo und 600 Gramm, 69 Kilo 800 Gramm, 71 Kilo und 200 Gramm.« Endlich war die Prozedur beendet. Ein Schwein nach dem anderen wurde aus dem eisernen Käfig wieder freigelassen.

»Ihr habt gut zugenommen«, freute sich das Bauer. »Ihr seid jetzt zwanzig Wochen alt. Futtert brav Eure Pampe, damit Ihr schön weiter zunehmt. Am besten jeden Tag ein Kilo«, sagte das Bauer noch und trug den Metallkäfig aus der Box, machte das Licht aus und ging aus dem Stall.

»Was war das denn?«, fragte Bruno.

»Wiegetag«, riefen Eddie und Winnie.

»Ich hasse wiegen«, sagte Carlo.

»Ich auch. Ich auch«, riefen andere Ferkel.

»Warum werden wir gewogen?«, fragte Bruno.

»Prinzessa hat gesagt, das Mensch passt auf, dass wir nicht zu dick werden«, sagte Winnie.

»Aber warum soll ich dann jeden Tag ein Kilo weiter zunehmen?«, fragte Bruno.

»Du nimmst bestimmt jeden Tag zehn Kilo zu«, sagte Carlo.

»Mir schmeckt es eben, Du Blödmann«, fauchte Bruno.

»Du bist ein Blödmann«, fauchte Carlo zurück und biss Bruno in den Stummelschwanz.

Diese Schwanzbeißerei schien irgendwie ansteckend zu sein. Im Laufe der nächsten Wochen übernahmen einige der Ferkel die dumme Angewohnheit von Carlo. Bei jeder Gelegenheit bissen sie sich gegenseitig in die Schwänze. Manche bissen sich auch in die Ohren und andere hatten schon blutige Wunden.

»Hör auf«, fauchte Winnie ein Ferkel an, das sich gerade an seinem Schwanz vergreifen wollte. »Warum machst Du das?«

Das Ferkel hielt inne und schaute Winnie mit großen Augen an. »Keine Ahnung, es tut mir gut«, antwortete es.

»Aber mir nicht«, sagte Winnie, »also hör auf damit und spiel etwas anderes.«

»Das ist kein Spiel«, sagte ein anderes Ferkel und starrte Winnie böse an.

»Was ist es dann?«

»Es kommt von innen. Es muss heraus.«

»Was muss heraus?«

»Dass mir so langweilig ist«, erwiderte das Ferkel, das Winnie in den Schwanz hatte beißen wollen.

»Bei mir ist es Wut«, sagte das Ferkel, das Winnie böse angestarrt hatte. »Ich bin wütend und das muss heraus.«

»Ich bin auch wütend«, sagte ein anderes Ferkel, das mit Schaum vor dem Mund versuchte, die Gitterstäbe ihrer Box durchzubeißen. Es schnappte mit der immer gleichen Bewegung nach dem Gitter, fuhr mit dem Kopf nach rechts und links und sabberte dabei sich selbst und das Gitter voll Schaum. »Ich kriege sie durch«, sagte es wieder und wieder, »irgendwann kriege ich sie durch.«

»Das bringt nichts«, entgegnete Winnie. »Die Stäbe sind aus Eisen. Die kriegst Du nicht durch.«

»Das ist mir egal. Irgendwann kriege ich sie durch. Es muss einen Weg hier heraus geben.«

Winnie schaute hilfesuchend zu Eddie. Das Ferkel tat ihm leid.

»Der wird langsam verrückt«, sagte Eddie, »ich kenne das. Meine Mami hat das auch gemacht. Mit Schaum vor dem Mund hat sie wieder und wieder versucht, die Stäbe durchzubeißen, aber es klappt nicht. Sie hat das gemacht, bis sie weggebracht wurde.«

»Meine Mami hat das nicht gemacht«, erwiderte Winnie. »Sie ist nur immer trauriger geworden.«

»Ich bin auch traurig«, sagte Carlo. »Ich bin traurig und mein Bein tut mir weh und deshalb muss ich beißen.«

Winnie dachte, dass sie hier im Stall vielleicht alle einen Grund hatten, traurig zu sein und in die Gitterstäbe oder sich gegenseitig zu beißen. Er dachte, dass die Langeweile, die Traurigkeit und die Wut sie alle vielleicht irgendwann verrückt machen würde.

Er selber saß meistens nahe dem Gitter stundenlang mit hängenden Ohren auf den Hinterbacken und schaute einfach nur vor sich hin.

Ein paar Mal war er das Gitter hochgeklettert, um in die Nachbarboxen zu schauen. Was er gesehen hatte, hatte ihn erschrocken. Sie waren viele. So viele, dass sie nicht zu zählen waren.

Einmal war er das Gitter hochgeklettert und hatte nach Silvie gerufen. Ein tausendstimmiges Gequieke hatte ihm geantwortet. Silvie war nicht herauszuhören gewesen.

Winnifred dachte, dass das Bauer vielleicht nicht wusste, dass tausend Schweine traurig waren und vor Wut und Langeweile in die Gitterstäbe bissen oder sich gegenseitig in die Schwänze und Ohren.

Entgegen Winnies Gedanken wusste das Bauer durchaus von der Langeweile, der Wut und der Traurigkeit seiner Schweine, aber es interessierte ihn nicht. »So habe ich mir das nicht vorgestellt«, fluchte es vor sich hin, »das mit dem Spielzeug von HappyPig. Diese modernen Wackelbälle haben eine Menge Geld gekostet, aber jetzt fressen sich die Viecher doch gegenseitig auf.«

Winnie begriff, dass das Zweibeiner sich nicht um sie, sondern um seine Menge Geld sorgte und er begriff, dass die Fabrik HappyPig irgendwie eine Lüge war.

»91 Kilo 700 Gramm, 92 Kilo, 92 Kilo 100 Gramm.« Drei Wochen waren vergangen. Es war wieder Wiegetag.

»Ich glaube, Prinzessa hat sich geirrt«, sagte Winnie nach der Prozedur.

»Wieso hat sich Prinzessa geirrt?« Eddie stand neben Winnie und schaute ihn erstaunt an.

»Sie hat gesagt, das Mensch passt auf, dass wir nicht zu dick werden, aber ich denke, es ist umgekehrt. Es will, dass wir dick werden.«

»Aber warum will es, dass wir dick werden?«, fragte Pit.

»Das weiß ich nicht«, antwortete Winnie.

»Ich will gerne dick werden«, warf Bruno ein.

»Ich bin die Gitterstäbe hochgeklettert«, sagte Winnie, »und da habe ich gesehen, dass hier im Schweinemaststall ganz viele Schweine sind, Mädchen und Jungen, und alle müssen Matschepampe aus dem Automat fressen und werden dauernd gewogen. Bestimmt will das Bauer, dass wir dick werden.«

»Warum will das Bauer dicke Schweine?«, fragte Eddie.

»Vielleicht mag es dicke Schweine«, erwiderte Winnie.

»Du meinst, es sperrt uns in einen Stall und füttert und wiegt uns, nur weil es dicke Schweine mag?« Eddie konnte das nicht glauben.

»Vielleicht sind wir für das Bauer wie Karotten«, sagte Winnie, »vielleicht sind wir nur wie Karotten. Wir werden hier im Stall angebaut und wenn wir dick und reif sind, werden wir gepflückt.«

»Du spinnst«, sagte Eddie.

»Ich spinne nicht«, entgegnete Winnie.

»Ich mag Karotten«, rief ein Ferkel, »meine Mama hat erzählt, dass Karotten lecker sind.«

»Was ist Karotten?«, fragte Bruno.

»Ein Gemüse, Du Blödmann«, rief das Ferkel.

»Kann man das essen?«, wollte Bruno wissen.

»Natürlich kann man Gemüse essen. Es ist lecker.« Das Ferkel schien alles über Karotten zu wissen.

»Aber warum denkt das Bauer, dass ich etwas bin, was

man essen kann?« Bruno schüttelte seinen Kopf. »Ich bin doch kein Essen. Ich bin doch lebendig.«

»Siehst Du«, sagte Eddie an Winnie gewandt, »ich habe doch gleich gesagt, dass Du spinnst. Das Bauer baut uns nicht an.«

»Aber warum hält es so viele Schweine hier eingesperrt und füttert und wiegt sie andauernd?«

»Winnie, Du denkst zu viel nach«, sagte Eddie. »Das Bauer mag einfach dicke Schweine.«

»Kennst Du andere Tiere, Eddie?«

»Ich kenne Carlo und Bruno und alle Ferkel in der Box. Früher kannte ich meine Mami und meine Geschwister.«

»Nein, keine Schweine. Ich meine eine andere Gruppe. Kennst Du eine andere Gruppe Tiere?«

»Klar, das Zweibeiner«, erwiderte Eddie und lachte.

»Nicht das Zweibeiner. Ich meine zum Beispiel Hunde. Kennst Du Hunde?«

»Hunde sind nicht nett«, rief ein anderes Ferkel. »Meine Mama hat erzählt, dass Hunde bellen und beißen.«

»Hunde sind nett«, erwiderte Winnie. »Hunde sind klein und weiß. Sie haben wuscheliges Fell und Knopfaugen. Sie spielen mit das Mensch Ball auf einer Wiese.«

»Spielen sie mit einem Wackelball?«, fragte Carlo.

»Nein, das ist kein Wackelball, mit dem Hunde spielen«, antwortete Winnie.

»Baut das Bauer in einem anderen Stall Karotten an und pflückt sie, wenn sie reif sind?«, fragte Bruno.

»Bestimmt«, rief das Ferkel, das alles über Karotten wusste.

Winnie verdrehte seine Augen. »Manchmal geht Ihr mir alle auf die Nerven mit Eurer Fragerei.«

»Du hast zuerst mit der Fragerei angefangen, Winnie. Du wolltest wissen, ob ich Hunde kenne«, rief Eddie. »Warum wolltest Du das wissen?«

»Ich denke darüber nach«, antwortete Winnie, »ob das Bauer vielleicht in einem anderen Stall tausend Hunde im Halbdunkel eingesperrt hält und sie füttert und andauernd wiegt.«

»Denkst Du, dass das Bauer auch dicke Hunde mag?« Eddie schaute Winnie verwundert an.

»Vielleicht?«

»Werden Hunde auch gepflückt, wenn sie dick und reif sind?«, fragte Bruno.

»Keine Ahnung.« Winnie fühlte sich durcheinander von all den Fragen, auf die sie keine vernünftigen Antworten fanden. »Ich gehe jetzt erstmal ein Schläfchen machen. Ich bin müde.«

»Ich auch«, sagte Eddie.

»Ich gehe mein Ohr an den Sensor halten«, sagte Bruno und setzte sich in Bewegung, »vielleicht kriege ich den Computer wieder kaputt. Dann muss das Bauer in den Stall kommen und ihn reparieren und kann dann sehen, wie schön dick ich schon geworden bin.«

»Ja, Speckröllchen«, rief Eddie ihm nach. »Friss nur weiter, dann wirst Du bestimmt als Erster gepflückt.«

Winnie schlief ein und träumte seit langer Zeit zum ersten Mal wieder von Linda. Sie war auf einer Wiese und er war neben ihr. Auch Gustav, Sieglinde, Archie, Wallie, Tobi und Karlchen waren da.

»Hallo, mein Kleiner, wie geht es Dir?«, fragte Linda. »Wo warst Du denn? Ich habe Dich lange nicht gesehen.«

»Ich bin jetzt mit Eddie in einem Schweinemaststall. Bei das Bauer. Es baut uns an und will uns pflücken, wenn wir reif sind.«

Linda fing an zu lachen. Sie lachte so laut, dass es über die Wiese bis zum Waldrand schallte. »Schweine werden nicht angebaut und gepflückt. Mais wird angebaut. Ich bin mit meinen Kindern gerne in den Maisfeldern unterwegs.«

»Mais ist lecker«, sagte Archie.

»Was ist Mais?«, fragte Winnie.

»Mais ist unser Lieblingsgemüse«, antwortete Linda, »nicht wahr, Kinder? Wir wühlen uns durch die Maisfelder und fressen alles auf, was wir finden.«

»Da ärgert sich das Jäger, oder?«, fragte Winnie.

»Ja, das Jäger ärgert sich, aber das ist uns ziemlich egal«, antwortete Archie.

»Es ärgert sich sehr«, sagte Linda und lachte noch mehr.

Winnie musste auch lachen. Er stellte sich vor, wie das Jäger wutentbrannt über das Feld stapfte und sich ärgerte, dass die Wildschweine seinen Mais auffraßen. »Es schießt auf Euch, wenn Ihr den Mais fresst, stimmt´s?«

»Ja, es schießt auf uns«, sagte Archie, »aber wir laufen einfach weg.«

»Wir haben gute Verstecke im Wald«, erklärte Linda. »Da kann es uns nicht finden. Es macht Spaß, das Jäger zu ärgern.«

»Bruno ärgert immer das Bauer«, erzählte Winnie. »Er macht mit Absicht seinen Computer kaputt. Das macht Bruno auch Spaß.«

»Was ist ein Computer?«, fragte Linda.

»Nur so ein Ding zum Wiegen und Futter einfüllen.«

»Futter einfüllen? Das ist schön, mein Kleiner.«

»Du meinst also«, fragte Winnie, »du meinst, dass wir nicht angebaut werden?«

»Nein, bestimmt nicht«, erwiderte Linda.

»Und was ist mit dem Schlachthof?«

»Was soll mit dem Schlachthof sein, Winnie?«

»Vielleicht werden wir auf dem Schlachthof gepflückt. Vielleicht ist Mami dort gepflückt worden?«

»Bist Du immer noch traurig wegen Deiner Mami?«

»Ja, ich bin noch traurig. Und Eddie ist auch traurig. Er fängt sofort an zu weinen, wenn wir über seine Mami sprechen.«

»Ist Eddie Dein Freund?«, fragte Archie.

»Eddie ist mein bester Freund im Schweinemaststall bei das Bauer.«

»Was ist das Bauer?«, wollte Archie wissen.

»Das Bauer gehört zur Gruppe das Zweibeiner. Es ist dasselbe wie das Jäger und das Mensch.«

»Das kann nicht sein«, sagte Linda.

»Warum nicht?«

»Das Jäger ist hier bei uns, das Bauer ist bei Dir und das Mensch ist da, wo Du vorher gewohnt hast. Es kann nicht dasselbe sein«, entgegnete Linda.

»Es ist aber dasselbe. Es kann überall gleichzeitig sein«, erwiderte Winnie.

»Kann sein, dass Du Recht hast, Winnie. Manchmal ist es überall gleichzeitig und schießt auf uns. Vor allem im Herbst. Da sucht es unsere Verstecke im Wald und will auf uns …«

»Ich finde das Zweibeiner blöd. Lass uns lieber Fangen spielen statt über das Zweibeiner zu reden«, unterbrach Archie seine Mutter, stupste Winnie mit dem Rüssel an und rannte davon. Auch Gustav, Sieglinde, Wallie, Tobi und Karlchen rannten davon und Winnie lief hinterher.

Es war herrlich. In seinem Traum rannte Winnie mit den Frischlingen um die Wette. Die hellen Streifen auf dem Fell der kleinen Wildschweine glänzten in der Sonne und Winnie war glücklich wie schon lange nicht mehr. Die Wiese duftete und das Gras kitzelte ihn an den Füßen.

»Ich kann rennen«, rief er Linda zu, »ich kann auf einer Wiese im Sonnenschein rennen.«

»Ja, Du kannst rennen wie der Wind, mein Kleiner«, rief Linda ihm nach, und Winnie rannte und rannte und war glücklich, bis jemand ihn unsanft schubste.

»Hör auf zu treten«, sagte Eddie und Winnie wachte auf.

»Ich kann rennen wie der Wind«, rief Winnie.

»Du kannst treten wie das Bauer«, sagte Eddie. »Guck mal, es tritt gerade vor Wut gegen seinen Computer. Dein dicker Bruder hat es geschafft, den Futterautomat wieder zusammenbrechen zu lassen.«

»Ich habe von Linda geträumt«, erzählte Winnie, als das Bauer den Computer repariert hatte und wieder gegangen war. »Linda sagt, dass Schweine auf keinen Fall angebaut und gepflückt werden. Nur Mais wird angebaut.«

»Was ist Mais?«, fragte Pit.

»Ein Lieblingsgemüse«, antwortete Winnie.

»Warum kriegen wir keinen Mais?«, fragte Bruno. »Ich will auch ein Lieblingsgemüse.«

»Wir haben doch unsere Matschepampe, Bruno.«

»Aber vielleicht kann das Bauer auch mal Mais in seinen Computer einfüllen? Ich würde Mais gerne probieren.«

»Bruno, es geht nicht um das Essen.«

»Geht es wohl, Winnie.«

»Geht es nicht. Es geht darum, herauszufinden, warum hier im Stall tausend Schweine eingesperrt sind.«

»Ich will aber Mais probieren«, beharrte Bruno.

»Als meine Mami noch bei uns war, hat sie erzählt, dass das Bauer uns Schweine mästet«, sagte Eddie.

»Was ist mästen?«, fragte Winnie.

»Mästen ist, wenn einer jemand anderen dauernd füttert, bis er dick und reif ist.«

»Und immer wiegt?«, fragte Winnie. »Wenn Mästen das ist, ist es so etwas wie anbauen.«

»Ja, dann ist Mästen so etwas wie anbauen.«

»Dann hat Linda sich geirrt und Schweine werden doch angebaut.«

»Ach, Winnie, Linda gibt es nur in Deinem Traum. Und im Traum gibt es manchmal Sachen, die nicht stimmen.«

»Ja, Linda gibt es leider nur in meinem Traum«, seufzte Winnie.

»In meinem Traum gibt es Mais und Karotten und viele dicke Hunde«, rief Bruno.

»In meinem Traum gibt es hundert Wackelbälle«, sagte Carlo.

»Echt?«, fragte Eddie.

»Nein, in meinen Träumen sehe ich Silvie wieder«, sagte Carlo traurig. »Wir gehen zusammen aus dem Stall und mein Bein ist auch gesund.«

»Mais ist bestimmt auch gesund. Mais ist mein Lieblingsgemüse«, sagte Bruno.

»Du bist ein Blödmann, Bruno, aber ich mag Dich«, brummte Carlo. »Ja, irgendwie mag ich Dich.«

»Ich mag Dich auch«, erwiderte Bruno.

»Ich Dich auch«, sagten Winnie und Eddie.

Carlo schien für einen Augenblick sein wehes Bein vergessen zu haben. Er lächelte vorsichtig.

Am nächsten Morgen kam der Tierarzt zu ihnen in den Stall. »Hier ist aber nicht sehr sauber«, grummelte er und kletterte mit seinen Gummistiefeln in ihre Box. »So geht das nicht«, sagte er zu das Bauer, das an den Gitterstäben lehnte und den Tierarzt böse anguckte.

»Wissen Sie, wie viel Dreck tausend Schweine machen?«

»Ja, das weiß ich schon«, erwiderte der Tierarzt.

Die Schweine hatten sich in einer Ecke zusammengedrängt und hörten zu.

»Laut SchHaltHygV soll unbedingt vermieden werden, dass die Schweine mit ihrem Harn und Kot in Berührung kommen.«

Das Bauer schaute den Tierarzt verständnislos an. »SchHaltHygV, häh?«

»Schweinehaltungshygieneverordnung.«

»Ach so, die«, sagte das Bauer. »Aber tausend Schweine machen eine riesige Menge Dreck, wissen Sie, da kommt man nicht immer so nach mit dem Saubermachen.«

»Soso«, grummelte der Tierarzt, klemmte sich ein Ferkel nach dem anderen zwischen die Knie, hörte es ab und untersuchte es. Bruno sprühte er einen grünen Strich auf den Rücken. »Der ist bald reif«, grummelte er noch und kletterte wieder aus ihrer Box.

»Ich habe einen Strich und ihr nicht«, sagte Bruno und drehte sich so, dass alle Ferkel den Strich sehen konnten.

»Hier muss besser saubergemacht werden«, sagte der Tierarzt und ging aus dem Stall.

»Wenn ich mich an die Schweineverordnung halte, kann ich meinen Laden bald dichtmachen«, murmelte das Bauer hinter ihm her.

»Wenn Sie sich nicht daran halten, mache ich Ihnen den Laden dicht.« Der Tierarzt hatte gehört, was das Bauer gemurmelt hatte.

Die Schweine kamen aus ihrer Ecke hervor.

»Ich wusste es doch«, sagte Winnie.

»Was wusstest Du?«, fragte Eddie.

»Bruno ist bald reif, hat der Tierarzt gesagt, also werden wir doch angebaut und gepflückt.«

»Ich finde meinen grünen Strich schön«, sagte Bruno. »Du bist bloß neidisch, weil Du keinen hast.«

»Ich bin nicht neidisch. Das letzte Mal, als ein Tierarzt uns Striche auf den Rücken gemacht hat, sind wir sortiert worden. In Jungen und Mädchen. Wer weiß, in was Du jetzt sortiert worden bist. Ich will nicht mehr sortiert werden. Nie mehr.«

Die Schweine stoben auseinander und brachten sich in einer Ecke in Sicherheit. Das Bauer kam mit dem kalten Wasserschlauch und spritzte ihre Kackhäufchen durch die Ritzen des Spaltenbodens.

»100 Kilo 200 Gramm, 101 Kilo 100 Gramm, 100 Kilo 800.« Die Ferkel waren jetzt fünfundzwanzig Wochen alt.

Drei Wochen hatten sie in der Abferkelbox bei ihren Müttern gelebt, neun Wochen in der Ferkelaufzuchtbox, mit zwölf Wochen waren sie in den Schweinemaststall umgezogen.

Alle Ferkel nahmen brav jeden Tag ein knappes Kilo zu. Jedes Ferkel hatte einen dreiviertel Quadratmeter Platz in der Ferkelaufzuchtbox.

»Ich habe das Gefühl, es wird immer enger hier«, sagte Eddie nach dem Wiegen.

»Ich auch«, erwiderte Winnie.

»Wir stehen bald übereinander statt nebeneinander«, rief Bruno.

»Wag Dich«, sagte Eddie.

»Wenn ich vom Futterautomat zu meinem Wackelball will, komme ich kaum mehr durch das Gedränge«, sagte Carlo.

»Ich komme kaum mehr in die Klo-Ecke«, flüsterte das Ferkel, das alles über Karotten wusste.

»Wag Dich«, sagte Eddie nochmal.

»Hast Du wieder gepupst?«, fragte Eddie und rückte ein Stück von Bruno ab. »Hier stinkt´s.«

»Ich pupse nie«, sagte Bruno und lachte. Alle anderen Ferkel in der Box lachten auch. Bruno pupste nämlich den ganzen Tag.

»Wer war es dann?«, fragte Eddie.

Die Ferkel beäugten sich gegenseitig misstrauisch.

»Wenn Bruno es nicht war, wer war es dann?«

Keiner antwortete.

»Wer stinkt hier herum?«

»Ich habe doch gestern schon gesagt, dass ich kaum mehr in die Klo-Ecke komme«, flüsterte ein Ferkel.

»Du weißt alles über Karotten, aber findest nicht unser Klo«, empörte sich Eddie.

»Ich finde es wohl, aber hier ist mittlerweile so ein enges Gedränge, dass ich es manchmal nicht rechtzeitig schaffe, dort hin zu kommen«, sagte das Ferkel kleinlaut.

»Ich auch. Ich auch«, sagten ein paar andere Ferkel.

»Was seid Ihr nur für Schweine«, empörte sich Eddie weiter, »Ihr müsst doch in die Klo-Ecke gehen, wenn Ihr müsst.«

»Wie sollen sie denn hinkommen, wenn es hier so eng ist?«, fragte Winnie.

»Ich komme immer hin«, entgegnete Eddie, »egal wie eng es ist. Ich schiebe einfach alle beiseite.«

»Du kommst auch nicht immer hin«, erwiderte Winnie. »Guck Dir mal Deinen Po an. Der ist ganz schmutzig.«

Eddie setzte sich auf die Hinterbacken und versuchte, einen Blick auf seinen Po zu werfen. Die anderen Ferkel taten ihm nach. Alle setzten sich auf die Hinterbacken und versuchten, einen Blick auf ihren Po zu werfen.

»Deiner ist auch schmutzig«, sagte Eddie zu Winnie, als er sein Hinterteil fertig betrachtet hatte.

»Ich weiß das. Der Po von uns allen ist schmutzig. Und nicht nur der Po.«

Die Ferkel sahen sich an. Sie waren schmutzig. Voller Kot und Urin. Verschmiert am ganzen Körper. Nur ihre Rüsselnasen waren sauber.

»Das ist ja ekelhaft und widerlich«, rief Eddie.

Winnie musste an Prinzessa denken, die immer so viel Wert auf Hygiene gelegt hatte. »Ob dieser Schmutz mit der SchHaltHygV vereinbar ist?«, fragte er. »Wenn das der Tierarzt sieht, macht er den Laden dicht.«

»Vielleicht sollte der Tierarzt uns mehr Platz in der Box geben und eine Pfütze zum Baden«, warf Pit ein.

»Ja, eine schöne Pfütze zum Baden«, antwortete Winnie. »Linda badet jeden Tag im Wald und auf der Wiese in einer Pfütze. Sie hat bestimmt keinen schmutzigen Po.«

»Warum gibt uns der Tierarzt eigentlich keine Pfütze?«, fragte Bruno.

»Der Tierarzt kann uns keine Pfütze geben«, sagte Carlo zu Bruno. »Nur das Bauer könnte uns eine geben.«

»Warum gibt uns das Bauer keine Pfütze?«

»Hier drinnen kann keine Pfütze sein. Das Wasser fließt doch durch die Ritzen weg«, erklärte Pit.

»Wenn das Bauer sauber macht, fließt das Wasser durch die Ritzen im Spaltenboden mitsamt Kackhäufchen weg, das stimmt«, fügte Carlo an.

»Wie es aussieht, fließen nicht alle Kackhäufchen durch die Ritzen weg«, sagte Winnie.

»Meine schon«, sagte Bruno und ließ einen Pups.

»Du altes Ferkel«, rief Eddie. Er saß noch auf seinen Hinterbacken und versuchte, sich am Po zu kratzen. »Es juckt mich. Es juckt und kratzt mich überall.«

»Mich auch«, sagte Carlo und schnappte nach seinem wehen Bein, das bis über die Hufe mit Kot bedeckt war.

»107 Kilo und 600 Gramm, 108 Kilo 200 Gramm, 106 Kilo.« Die Ferkel waren wieder eine Woche älter. Und die Kratzerei wurde immer schlimmer.

Carlo kratzte sich an den Augen und Eddie hatte sich schon überall blutig gekratzt.

»Hör auf damit«, fuhr Winnie ihn an, »das macht mich verrückt.«

»Es juckt mich aber so.«

»Schubber Dich doch an den Gitterstäben«, schlug Bruno vor, »mir hilft das.«

»Ich schubber mich andauernd an den Gitterstäben, es hilft nicht«, antwortete Eddie.

Auch Pit und vier andere Ferkel juckten sich.

Das Bauer war in den Stall gekommen, hatte den Kopf geschüttelt und war wieder gegangen.

Kurz darauf stand der Tierarzt in der Box. »Das kriegen die vom Stress«, brummte er. »Ist eine Immunschwäche.«

»Aber meine Schweine haben keinen Stress«, sagte das Bauer.

»Hören Sie mal«, erwiderte der Tierarzt, »ich mache diesen Job seit Jahren und ich weiß, dass die Stress haben. Schweine sind viel zu intelligent, um wochenlang im Halbdunkel ohne Beschäftigung eingepfercht zu sein. Die haben Stress, das können Sie mir glauben.«

»Und was machen wir da jetzt?«, fragte das Bauer.

»Medikament«, brummte der Tierarzt.

»Wie Medikament? Die kriegen doch schon so viel von mir ins Futter gemischt. Aufbaumittel. Farbstoffe. Probiotika. Nahrungsergänzungsmittel. Konservierungsstoffe. Geschmacksstoffe. Lauter so Zeug. Wissen Sie, was das alles kostet?«

»Ja, das weiß ich schon«, sagte der Tierarzt. »Wollen Sie jetzt das Medikament oder nicht?«

»Ist es erlaubt?«

»Es beruhigt ein bisschen. Ist eine Art Psychopille.«

»Die brauche ich auch bald, wenn ich an meine Kosten denke«, erwiderte das Bauer. »Ich sage Ihnen was, Herr Doktor, es lohnt sich nicht mehr, Schweine zu mästen. Diese blöden gesetzlichen Auflagen für Stalleinrichtung und Belüftung kosten mich jedes Jahr mehr Geld. Das rechnet sich nicht mehr.«

»Soso«, brummelte der Tierarzt, klemmte sich Carlo zwischen die Knie und untersuchte ihn. »Der hier hat eine eitrige Augeninfektion. Der braucht ein Medikament. Am besten geben Sie es gleich allen Schweinen, damit sich die Infektion nicht im ganzen Stall ausbreitet.«

Das Bauer seufzte und holte sein Portemonnaie aus der Hose. »Antibiotika darf ich ja leider nicht mehr einfach so geben. Wissen Sie, Herr Doktor, früher war alles besser. Da war den Leuten egal, was sie auf dem Teller hatten. Hauptsache billig, das Schnitzel. Aber heute, dauernd gibt es neue Gesetze, langsam hab ich keine Lust …«

»Bezahlen Sie bar oder mit Karte?«, unterbrach der Tierarzt.

»Bar«, seufzte das Bauer und schaute die Schweine böse an.

»Sie müssen besser saubermachen, das habe ich Ihnen doch neulich schon gesagt«, brummte der Tierarzt noch und ging aus dem Stall. Das Bauer machte das Licht aus und ging hinter ihm her.

Winnie war dem Gespräch erstaunt gefolgt. »Wieso gibt das Bauer Geld aus, um uns hier einzusperren?«, fragte er. »Das Jäger gibt kein Geld für Linda aus.«

»Es ist eben komisch«, sagte Eddie und kratzte sich.

»Was ist komisch?«, fragte Carlo.

»Das Zweibeiner«, erwiderten Winnie und Eddie im Chor.

»Und was ist ein Schnitzel?«, fragte Bruno.

»Etwas zum Essen«, antwortete ein Ferkel.

»Baut das Bauer auch Schnitzel an und pflückt sie, wenn sie dick und reif sind?«, fragte Bruno. »Vielleicht kann das Bauer mal Schnitzel in seinen Computer einfüllen. Ich würde Schnitzel gerne probieren.«

»Bruno, es geht nicht um das Essen.«

»Geht es wohl, Winnie.«

»Geht es nicht. Es geht darum, herauszufinden, warum das Bauer Geld dafür ausgibt, um uns hier einzusperren.«

»Ich will aber Schnitzel probieren«, beharrte Bruno.

»Hört auf Euch zu streiten, das macht mir Stress«, rief Eddie.

»Was ist Stress?«, fragte Bruno.

»Stress ist, wenn man eine Augenentzündung hat«, sagte Carlo.

»Nein, Stress ist, wenn man sich andauernd kratzen muss«, stellte Eddie richtig.

»Ich habe keinen Stress«, sagte Bruno und lachte. »Ich habe nur einen schmutzigen Po.«

»Weißt Du, was ich glaube?«, sagte Eddie ein paar Tage später. Er hatte aufgehört, sich zu kratzen. Die Psychopillen wirkten offenbar schon. »Wir werden von das Bauer angebaut und gemästet, und wenn wir dick und reif sind, werden wir verkauft.«

»Nein, wir werden doch gepflückt«, entgegnete Winnie.

»Ja, aber nach dem Pflücken werden wir verkauft und deshalb regt sich das Bauer auf, wenn wir Geld kosten. Je mehr wir jetzt kosten, desto weniger verdient es später bei unserem Verkauf.«

»Vielleicht hast Du Recht, Eddie. Aber an wen oder wohin werden wir verkauft?«

»Keine Ahnung.«

»Wenn wir gepflückt und verkauft werden, will ich nicht alleine sein. Ich will mit Dir zusammen verkauft werden«, sagte Winnie.

»Ich will auch mit Dir zusammen verkauft werden, Du

bist nämlich mein bester Freund«, erwiderte Eddie.

»Du bist auch mein bester Freund.«

»Danke«, sagte Eddie und weinte beinahe vor Rührung.

»Eddie, wir halten einfach noch ein bisschen durch. Es kann nicht mehr lange dauern, bis wir reif sind.«

»Ja, wir halten einfach noch durch«, sagte Eddie. »Bruno ist ja schon reif, hat der Tierarzt gesagt.«

»114 Kilo, 113 Kilo und 200 Gramm, 116 Kilo und 100 Gramm.« Siebenundzwanzig Wochen waren die Ferkel nun alt.

»Hör mal, mein Speckröllchen, Dir wird jetzt das Futter rationiert«, sagte das Bauer und tippte etwas in seinen Computer. »Ich kriege nämlich nur Geld für Fleisch, nicht für Fett.«

Bruno merkte sofort, dass sein Chip umprogrammiert worden war und nur noch die Hälfte Matschepampe für ihn ausspuckte, wenn er sein Ohr an den Sensor hielt.

»Ich habe Hunger«, schrie er und hielt jetzt jede viertel Stunde sein Ohr an den Sensor.

Kurz darauf brach der Computer endgültig zusammen und es kam keine Matschepampe mehr aus dem Automat. Für kein Schwein im Stall.

»Ich kann nichts dafür«, sagte Bruno.

»Doch, Du Blödmann«, antworteten neunhundertneunundneunzig Schweine.

Das Bauer stapfte in den Stall, trat wutentbrannt gegen den Futtercomputer und stapfte wieder aus dem Stall. Alle Schweine mussten hungern.

»Ich kann wirklich nichts dafür«, sagte Bruno.

»Doch, Du Blödmann« antworteten neunhundertneunundneunzig Schweine.

Einen ganzen Tag später, solange mussten die Schweine hungern, kam das Bauer mit einem fremden Zweibeiner in den Stall. Das Zweibeiner hatte einen blauen Overall an. Auf dem Rücken des Overalls stand in großen Buchstaben HappyPig.

»Na, dann gucken wir mal, was da kaputt ist«, sagte es und nahm den Computer auseinander.

Das Bauer langweilte sich und ging aus dem Stall.

Die Schweine standen am Gitter und bestaunten das fremde Zweibeiner.

»Cool«, sagte Bruno, »der ist von der Fabrik, die den Futterautomat gebaut hat.«

»Nein«, sagte Carlo, »der hat meinen Wackelball gebaut.«

»Hallo Ihr Lieben«, sagte das Zweibeiner, ließ seinen auseinander genommenen Futtercomputer stehen, kam zu ihnen an die Box und streichelte sie. »Ich mag Schweine«, sagte es und streichelte sie weiter. »Zuhause habe ich drei Meerschweinchen, aber Ihr seid viel süßer mit Euren niedlichen Steckdosennasen«, sagte es und streichelte sie immer noch weiter. »Ihr seid meine Lieblingstiere. Wenn ich genug Platz und einen Bauernhof hätte, würde ich mir auch Schweine halten.«

»Der ist aber nett«, flüsterte Winnie.

»Ja«, flüsterte Eddie zurück.

Das fremde Zweibeiner war wirklich nett. Bisher hatte sie noch nie jemand gestreichelt. Die Ferkel drängten sich an die Gitterstäbe und konnten von den Zärtlichkeiten nicht genug bekommen.

»Was machen Sie da? Gehen Sie sofort von den Tieren weg.« Das Bauer war in den Stall zurückgekommen.

»Ich mag Schweine. Ich kann sie doch mal streicheln.«

»Nein, können Sie nicht«, raunzte das Bauer, »das verbietet die SchHaltHygV.«

»Wer verbietet das?«

»Schweinehaltungshygieneverordnung.«

»Wie lächerlich. Die Schweine sitzen in ihrer eigenen Scheiße und ich darf sie aus hygienischen Gründen nicht streicheln. Das ist doch nicht wahr«, sagte das Zweibeiner kopfschüttelnd und ging zu dem auseinander gebauten Computer zurück. Das Bauer blieb bei ihm stehen, bis der Automat fertig repariert war.

»Bezahlen Sie bar oder mit Karte?«

»Bar«, brummte das Bauer und schaute seine Schweine böse an.

»Lebt wohl, Ihr Süßen«, rief das Zweibeiner mit dem blauen Overall und ging aus dem Stall. Das Bauer machte das Licht aus und ging hinterher.

»Was sind denn Meerschweinchen?«, fragte Pit.

»Schweine, die im Meer leben«, erklärte Winnie. »Was denn sonst? Es gibt Schweine im Wald und auf der Wiese und im Meer.«

»Und es gibt hungrige Schweine«, sagte Bruno.

Am Abend dieses aufregenden Tages lagen Winnie und Eddie und die anderen Ferkel aneinander gekuschelt auf dem Boden. Einen besonderen Schlafplatz gab es nicht mehr. Dafür war es mittlerweile zu eng in ihrer Box.

»Wenn wir reif sind, will ich mit Dir zusammen an dieses nette Zweibeiner verkauft werden«, sagte Winnie.

»Ja«, sagte Eddie, »so machen wir das. Dann werden wir immer gestreichelt.«

»Warum streichelt das Bauer uns eigentlich nie?«, fragte Winnie und gähnte.

»Vielleicht mag das Bauer keine Schweine«, sagte Eddie.

»Gut, dass es auf der Welt wenigstens ein Zweibeiner gibt, das Schweine mag«, murmelte Winnie und gähnte nochmal.

»Ja«, sagte Eddie im Halbschlaf, »das ist gut. Ich dachte nämlich schon, dass uns gar niemand mag.«

Am nächsten Morgen wurden sie von Geschrei geweckt. Es war Bruno, der schrie.

»Ich habe Hunger«, schrie er und riss an der metallenen Futterschale herum, »warum gibt mir das Bauer kein Essen? Wenn ich Hunger habe, bin ich kein glückliches Schwein.«

Die anderen Ferkel in der Box lachten.

»Das Bauer gibt Dir doch nicht kein Essen, es gibt Dir nur weniger Essen«, sagte Pit.

»Es gibt mir viel zu wenig Essen«, schrie Bruno weiter. »Wieso gibt es mir so wenig? Ich bin das einzige Schwein, das zu wenig kriegt.«

»Du bist eben schon reif«, erklärte Pit.

Bruno hörte auf zu schreien. »Wenn ich reif bin, will ich jetzt auch gepflückt werden. Wer pflückt mich eigentlich? Pflückt mich das Bauer?«

»Vielleicht pflückt Dich der Tierarzt. Er hat schließlich gesagt, dass Du reif bist«, antwortete Eddie.

»Und wann seid Ihr reif?«, fragte Bruno.

Die Schweine schauten sich an. Diese Frage hatten sie sich noch nie gestellt. Wie dick mussten sie werden, bevor sie reif waren. Würde der Tierarzt kommen und sie mit dem Finger in den rosa Po drücken, um zu prüfen, ob sie schon reif wären. Wie man eine Avocado mit Fingerdruck prüft, ob sie schon reif ist.

»Es kann nicht mehr lange dauern«, sagte Winnie.

»Was kann nicht mehr lange dauern?«, fragte Bruno.

»Bis wir auch reif sind.«

»Gut«, sagte Bruno. »Ich will nämlich nicht alleine reif sein. Sind auch die Hunde, Karotten und Schnitzel in den anderen Ställen dann reif?«, fragte er noch.

»Wir wissen doch nicht, ob das Bauer Hunde, Karotten und Schnitzel anbaut«, warf Pit ein.

»Bestimmt baut es alles an«, rief Carlo, »und die Hunde, Karotten und Schnitzel haben bestimmt auch Wackelbälle in ihrem Stall.«

»Gibt es auch eine Fabrik für glückliche Hunde?«, fragte Pit. »So wie HappyPig, unsere Fabrik.«

»Bestimmt gibt es eine Fabrik für glückliche Karotten«, sagte das Ferkel, das alles über Karotten wusste.

»Spielen Karotten auch mit Wackelbällen?«, fragte Carlo.

»Karotten spielen nicht. Karotten sind Gemüse und Gemüse spielt nicht«, antwortete das Ferkel.

»Aha«, sagte Carlo. »Aber Hunde spielen doch, oder?«

»Ja klar«, warf Winnie ein. »Hunde spielen.«

»Dann haben Hunde sicher Wackelbälle in ihrem Stall«, wusste Carlo.

»Ich glaube nicht, Carlo, dass das Bauer Hunde anbaut. Sie spielen zwar Ball, aber keinen Wackelball. Sie spielen mit das Mensch auf der Wiese«, sagte Winnie.

Eddie schüttelte seinen Kopf. »Aber Hunde sind doch auch Tiere, Winnie.«

»Du meinst, das Zweibeiner baut alle Tiere in einem

Stall an und pflückt sie, wenn sie reif sind?«

»Ich weiß es nicht«, erwiderte Eddie.

»Vielleicht sortiert das Zweibeiner Tiere in verschiedene Gruppen ein. Tiere zum Spielen und Tiere zum Anbauen. Vielleicht mag es Hunde lieber als Schweine.«

»Ich bin klüger als ein Hund«, rief Pit, »das hat Mama früher zu mir gesagt«.

»Stimmt, das hat Mami gesagt«, wusste Winnie.

»Ich habe Hunger«, fing Bruno wieder an zu schreien. »Es ist mir egal, welche Tiere das Zweibeiner anbaut und mit welchen es spielt. Ich will nur ein glückliches Schwein sein.«

»Wir auch«, sagten Eddie und Winnie.

»Ich auch«, sagte Carlo. »Aber ich bin glücklich, wenn ich mit meinem Wackelball spielen kann. Haben Schnitzel auch einen Wackelball zum Spielen?«

»Schnitzel spielen nicht. Schnitzel sind wie Gemüse und Gemüse ist etwas zum Essen«, sagte das Ferkel, das genau wusste, dass Gemüse nicht spielt.

»Hat das Zweibeiner auch eine Fabrik für glückliche Schnitzel?«, fragte Bruno.

»Ich glaube schon«, erwiderte Winnie. »Bestimmt hat es eine Fabrik für glückliche Schnitzel.« Winnie drehte sich schon der Kopf von all den Fragen der Geschwister.

»Ich will kein glückliches Schnitzel sein«, sagte Pit, »lieber bin ich ein unglückliches Schwein.«

»Ich bin unglücklich«, schrie Bruno und rupfte solange an der Futterschale herum, bis er sie kaputt gemacht hatte.

Das Bauer kam in den Stall und schaute Bruno böse an.

»120 Kilo und 200 Gramm, 121 Kilo 600 Gramm, 119

Kilo 900 Gramm.« Wieder war eine Woche vergangen. Die Ferkel waren jetzt achtundzwanzig Wochen alt.

»Ihr fresst mir noch die Haare vom Kopf«, sagte das Bauer. »Zeit, dass Ihr wegkommt.«

Die Ferkel lachten. Wie sie sahen, hatte das Bauer jetzt schon fast keine Haare mehr.

»Sei froh, Bauer, dass wir bald wegkommen«, grunzte Winnie. »Wenn Eber nämlich ausgewachsen sind, wiegen sie 350 Kilo, und dann würden wir Dir die paar Borsten, die Du noch auf dem Kopf hast, wirklich alle wegfressen.«

»Cool«, freute sich Bruno, »ich werde noch mindestens dreimal so dick, bis ich ausgewachsen bin.«

»Du wirst noch zehnmal so dick, bis Du ausgewachsen bist«, antwortete Carlo.

»Nein, hundertmal«, rief Bruno und lachte.

Das Bauer hörte die Schweine grunzen und freute sich, dass sie gut zugenommen hatten und er sie bald verkaufen konnte.

In dieser Nacht fing Winnie an zu husten.

»Hast Du Stress?«, fragte Eddie.

»Was?« sagte Winnie, der kaum Luft bekam.

»Du hast bestimmt eine Immunschwäche.«

»Nein, ich habe Husten«, antwortete Winnie.

»Ich muss auch husten«, rief ein anderes Ferkel.

»Ich auch. Ich auch«, riefen weitere.

»Ich nicht«, sagte Bruno und ließ einen Pups.

»Aber warum müsst Ihr alle husten«, fragte Eddie.

»Hier stinkt es komisch und vielleicht muss ich deshalb husten«, sagte Winnie. Seine Nase lief, die Augen tränten und er hustete und hustete.

Alle schauten zu Bruno. »Meine Pupse stinken nicht«, verteidigte er sich. »Jedenfalls nicht so komisch.«

»Ja, das stimmt. Wir kennen den Duft Deiner Pupse«, sagte Eddie, »aber was stinkt hier so, dass Ihr alle husten müsst?«

Die Schweine hoben ihre Rüssel und schnupperten in alle Ecken ihrer Box. Und weil sie einen Trüffel riechen können, der einen halben Meter tief im Erdboden wächst, hatten sie die Ursache des Gestanks schnell ausgemacht.

»Es stinkt nach Pipi«, sagte Pit.

»Es stinkt nicht nach Pups«, sagte Bruno.

»Es stinkt so stark nach Pipi, dass man husten muss«, sagte Carlo und hustete auch.

»Was stinkt hier so?«, fragte das Bauer, als es in den Stall kam. Dann hörte es, dass die Schweine husteten und kurz danach war der Tierarzt wieder bei ihnen im Stall.

»Hier stinkt´s bestialisch nach Ammoniak«, sagte er. »Ich habe Ihnen doch jetzt schon zweimal gesagt, dass Sie besser saubermachen müssen.«

»Ich gehe jeden Tag mit dem Wasserschlauch durch.«

»Vielleicht brauchen Sie eine neue Belüftungsanlage?«

»Wissen Sie, was so eine Belüftungsanlage kostet?«

»Ja, weiß ich schon«, brummelte der Tierarzt und hörte Winnie ab. »Der hat ein Atemgeräusch auf der Lunge.«

»Was für ein Atemgeräusch?«

»Ein Atemgeräusch eben«, sagte der Tierarzt und hörte auch die anderen hustenden Ferkel ab. »Die haben alle ein Atemgeräusch. Von dem Ammoniakgestank.««

»Und was machen wir da jetzt?«, fragte das Bauer.

»Medikament«, brummte der Tierarzt.

»Noch ein Medikament? Wissen Sie, was mich das alles

kostet? Diese Schweinemast, ich sage es Ihnen, Herr Doktor, diese Schweinemast rentiert …«

»Wollen Sie das Medikament oder nicht?«, unterbrach der Tierarzt.

»Hmm«, brummte das Bauer.

»Der hier«, sagte der Tierarzt als er Carlo abhörte, »der hat ein Atemgeräusch und ein Herzgeräusch.«

»Was für ein Herzgeräusch?«

»Das haben die Hochleistungsferkel schon mal. Ist alles zu viel Stress für die.«

»Was machen wir da?«, fragte das Bauer.

»Nichts«, erwiderte der Tierarzt. »Kann sein, dass er kaputtgeht, wenn er transportiert wird.«

»Hmm«, brummte das Bauer wieder.

»Vielleicht haben die auch Würmer«, sagte der Tierarzt. »Haben Sie die Ferkel auf Würmer untersuchen lassen?«

Das Bauer rollte seine Augen an die Stalldecke und hielt heimlich seinen Mittelfinger hoch.

»Ich gebe Ihnen jetzt ein Medikament gegen Würmer, eins gegen Husten und eins zur Herzkräftigung. Bezahlen Sie bar oder mit Karte?«

»Ist das denn erlaubt?«

»Was ist erlaubt?«

»Die ganzen Medikamente.«

»Bar oder mit Karte?«

»Ist es erlaubt?«, fragte das Bauer nochmal.

»Seit diesem Jahr gibt es einen Immissionsschutzerlass«, erwiderte der Tierarzt, ohne auf die Frage des Bauers einzugehen, »haben Sie sich schon damit befasst? Mit dem neuen Gesetz, dass in großen Schweinehaltungsbetrieben eine Abluftreinigungsanlage zum Schutz vor Bakterien,

Pilze und Viren eingebaut werden muss.«

»Immissionsschutzerlass? Da habe ich neulich Post vom Ministerium bekommen.« Das Bauer schaute den Tierarzt fragend an.

»Dieser Erlass soll die Gesundheit von Anwohnern und Anwohnerinnen schützen. Vor der Immission, der Abluft, die aus den Schweineställen kommt. Hauptsächlich vor dem Gestank von Ammoniak«, erklärte der Tierarzt.

»Wissen Sie«, sagte das Bauer, »ich persönlich trage im Stall ja immer eine Atemschutzmaske.«

»Atemschutzmaske. Gut«, sagte der Tierarzt, »bezahlen Sie jetzt bar oder mit Karte?«

»Bar, wie immer, das wissen Sie doch«, brummte das Bauer und schaute seine Schweine wieder böse an.

»Ich kann doch nicht kaputtgehen«, schrie Carlo, als der Tierarzt und das Bauer gegangen waren, »ich bin doch kein Computer. Ich bin lebendig. Nur Computer können kaputt gehen.« Carlo schrie sonst nie.

»Futterschalen können auch kaputt gehen«, erklärte Bruno.

»Was ich nicht verstehe«, sagte Winnie und hustete, »was ich nicht verstehe, ist dieses Gesetz zur Immission.«

»Was ist Immission?«, fragte Bruno.

»Wenn wir die Luft von Deinem Pups einatmen.«

»Cool«, sagte Bruno.

»Was verstehst Du daran nicht?«, fragte Eddie.

»Der Tierarzt hat gesagt, dass es bei dem Gesetz um den Schutz von Anwohnern und Anwohnerinnen geht.«

»Was sind Anwohnerinnen?«, fragte Bruno.

»Frag nicht immer so blöd, Bruno. Anwohnerinnen sind

die Schwestern von Anwohnern«, sagte Eddie.

»Sind Anwohnerinnen auch in einer Abferkelbox?«

»Bruno!«, fuhr Winnie wütend dazwischen, »es geht nicht um die Schwestern, es geht darum, dass das Zweibeiner von unserem Pipigestank nicht husten muss. Es wird mit einem Gesetz davor geschützt.«

»Ich muss nicht husten«, sagte Bruno.

»Du meinst«, fragte Eddie, »das Zweibeiner gibt uns hier kein Klo und wenn wir stinken, erlässt es ein Gesetz, das vor unserem Gestank schützen soll?«

»Genau das meine ich«, rief Winnie. »Aber das Gesetz schützt nicht uns. Es schützt das Zweibeiner. Wir sitzen doch hier und husten. Warum gibt es kein Gesetz, das uns vor unserem Gestank schützt?«

»Du hast Recht, Winnie. Das ist ein komisches Gesetz, dass das Zweibeiner vor Gestank schützt. Gestank, den es gar nicht gäbe, wenn es uns hier nicht einsperren würde.«

»Ich stinke nicht«, warf Bruno ein.

»Bruno, Du stinkst auch!«, empörte sich Winnie. »Und das Bauer«, empörte er sich weiter, »das Bauer trägt lieber eine Atemschutzmaske, statt sauberzumachen und uns ein Klo zu geben.«

»Ich stinke wirklich nicht«, rief Bruno.

»Doch, Du stinkst auch«, erwiderte Winnie.

»Nur meine Pupse stinken«, sagte Bruno und lachte.

»Das Bauer ist gemein«, seufzte Eddie.

»Ja, das Bauer ist gemein«, sagte Bruno und hörte auf, zu lachen. »Es gibt mir nichts zu essen.«

»Der Tierarzt ist auch gemein«, schrie Carlo wieder. »Er sagt, dass ich kaputtgehe, wenn ich transportiert werde.«

»Das Bauer trägt eine Atemschutzmaske gegen meine

Pupse«, sagte Bruno und fing wieder an zu lachen.

»Du wirst nicht transportiert, Carlo, Du brauchst keine Angst zu haben. Du wirst nie mehr transportiert. Eddie und ich haben nämlich beschlossen, in keinen Transporter mehr zu gehen«, sagte Winnie. »Stimmt doch, oder?«

»Ja, Winnie wir gehen nie mehr in einen Transporter«, erwiderte Eddie.

Am nächsten Tag fuhr ein Transporter vor den Stall. Das Bauer sammelte alle Ferkel mit grünen Strichen auf dem Rücken ein. Auch Bruno sollte eingesammelt werden. Die Schweine drängten sich in einer Ecke zusammen und sahen zu, wie das Bauer versuchte, Bruno aus der Box zu treiben.

»Nein«, schrie Bruno, stemmte seine vier Beine in den Boden und ließ sich nicht aus der Box treiben. »Ich gehe nicht. Ich habe noch kein Frühstück gehabt.«

»Dicker, heute gibt es kein Frühstück«, sagte das Bauer und schlug Bruno auf den Rücken. »Heute ist Dein großer Tag.«

»Was redet das Blödmann da?«, fragte Eddie ängstlich.

»Komm«, sagte das Bauer und schlug Bruno wieder auf den Rücken. »Der Transporter wartet nicht ewig.«

»Mein großer Tag?« Bruno schaute erstaunt und setzte sich in Bewegung.

»Nein, geh nicht in den Transporter«, schrie Winnie.

»Ich werde heute gepflückt«, sagte Bruno. »Ich glaube, Schweine werden immer vor dem Frühstück gepflückt.«

»Warte«, schrie Winnie.

Bruno hielt an und drehte sich zu Winnie um. »Ich werde heute gepflückt und Du wirst auch bald gepflückt, das hast Du selbst gesagt, kleiner Bruder.«

»Ja, das habe ich gesagt.«

»Dann hör jetzt auf zu heulen«, sagte Bruno leise, »wir sehen uns doch wieder.«

»Bis bald, Speckröllchen«, rief Eddie, »und vergiss nicht, immer schön den Transponder an den Sensor zu halten.«

»Nein, vergesse ich nicht. Das vergesse ich nie.« Bruno lachte und ging die Rampe zum Transporter hoch.

Winnie weinte. Er wusste er, dass er Bruno nicht mehr wiedersehen würde.

Erst abends, als die Ferkel zum Schlafen auf dem Boden lagen, hörte Winnie auf zu weinen. »Vielleicht ist Bruno nun bei das nette Zweibeiner angekommen und wird jetzt schon gestreichelt«, sagte er.

»Bestimmt«, erwiderte Eddie.

»Hoffentlich weiß es, dass Bruno Bruno heißt.«

»Bruno Bruno?« Eddie schaute Winnie fragend an.

»Das nette Zweibeiner soll doch unsere Namen wissen. Hoffentlich hat das Bauer ihm gesagt, dass Bruno Bruno heißt.«

»Weiß das Bauer überhaupt unsere Namen?«

»Keine Ahnung«, antwortete Winnie.

»Das Bauer hat tausend Schweine«, sagte Eddie. »Ich glaube nicht, dass es die Namen von uns allen weiß.«

»Vielleicht kann es sich nicht so viele Namen merken?«

»Nein, Winnie, ich glaube, es hat keine Namen für uns.«

»Sind wir ihm als einzelnes Schwein nicht wichtig genug für einen Namen?«

»Wir sind für das Bauer doch wie Karotten.«

Winnie fing wieder an zu weinen. »Das darf das Bauer

nicht. Bruno ist doch Bruno. Und Bruno gibt es nur ein einziges Mal auf der Welt. Kein anderer ist so wie er.«

»Jeden gibt es nur ein einziges Mal auf der Welt, Winnie, aber wir sind für das Bauer trotzdem wie Karotten.«

»Ich bin keine Karotte. Bruno nicht und Du auch nicht. Keiner ist wie eine Karotte. Wir sind Lebewesen und kein namenloses Gemüse.«

»Ach Winnie, hör auf zu weinen. Es kann uns doch egal sein, ob das Bauer uns einen Namen gibt oder nicht.«

Winnie hörte auf zu weinen. »Du hast Recht, Eddie«, sagte er. »Es kann uns egal sein.«

»Wie alt ist Bruno jetzt eigentlich?«, fragte Eddie.

»Genauso alt wie ich«, antwortete Winnie. »Wir haben am selben Tag Geburtstag.«

»Und wie alt bist Du?«

»Ich bin ein gutes halbes Jahr alt. Warum fragst Du?«

»Ich denke darüber nach, ob das Bauer uns vielleicht keine Namen gibt, damit es nicht traurig ist.«

»Traurig? Das Bauer?«

»Na ja, wir sind doch nicht erwachsen. Ferkel sind mit einem halben Jahr noch Kinder. Vielleicht ist das Bauer traurig, wenn es Schweinekinder verkaufen muss, denen es vorher Namen gegeben hat.«

»Ich glaube, das Bauer ist nur traurig, wenn es kein Geld verdient«, antwortete Winnie.

Eddie lachte. »Wahrscheinlich hast Du Recht.«

Die beiden Freunde kuschelten sich aneinander.

»Ist Bruno wirklich bei das nette Zweibeiner?«, fragte Winnie.

»Bruno ist auf jeden Fall bei das nette Zweibeiner«, sagte Eddie. »Wir werden auch bald gepflückt und sehen ihn dann bestimmt wieder. Ich bin müde, lass uns erstmal schlafen, Winnie.«

»Ja, lass uns schlafen. Gute Nacht Eddie.«

»Gute Nacht, Winnie.«

»Eddie?«

»Ja, Winnie?«

»Ich glaube, wenn das nette Zweibeiner Brunos Namen nicht weiß, ist Bruno nicht böse, wenn er einen anderen, einen neuen Namen kriegt.«

»Bruno ist auf keinen Fall böse. Es gibt Schlimmeres als einen neuen Namen zu kriegen«, murmelte Eddie schon fast im Schlaf. »Es gibt bestimmt Schlimmeres.«

Zehn Tage war Bruno nun weg. Dreißig Wochen waren die Ferkel jetzt alt. Heute war wieder Wiegetag.

»130 Kilo und 400 Gramm, 129 Kilo 800.« Das Bauer konnte nicht weiter wiegen. Drei der Ferkel standen nicht auf. Er schimpfte mit ihnen und trat sie mit dem Fuß. Sie standen trotzdem nicht auf.

»Die haben die Gelenke kaputt«, sagte der Tierarzt, der jetzt fast jeden Tag bei ihnen war. »Aufstehen tut denen weh.«

»Die müssen aber doch aufstehen«, erwiderte das Bauer.

»Wenn ich in sechs Monaten 130 Kilo zunehme«, sagte der Tierarzt, »habe ich auch kaputte Gelenke und kann nicht mehr aufstehen.«

»Und was machen wir da?«

»Wissen Sie«, sagte der Tierarzt, »es gibt nur zwei Möglichkeiten. Entweder oder.«

»Entweder oder was?«

»Entweder kranke Hochleistungsschweine …«

»Meine Ferkel sind nicht krank. Die haben es gut hier«, unterbrach das Bauer den Tierarzt, »würden sie sonst so schön zunehmen? Außerdem werden sie morgen sowieso abgeholt. Die sind mehr als reif.«

»Na dann«, sagte der Tierarzt und ging aus dem Stall.

Winnie konnte nicht einschlafen. Morgen würden sie gepflückt und abgeholt werden, hatte das Bauer gesagt.

»Hör auf, Dich von einer Seite zur anderen zu wälzen«, beschwerte sich Eddie, »ich bin müde und will schlafen.«

»Ich kann nicht schlafen, ich bin so aufgeregt.«

»Ich kann auch nicht schlafen. Ich auch nicht«, riefen mehrere andere Ferkel.

»Mir ist alles egal. Ich gehe morgen sowieso kaputt«, sagte Carlo.

»Nein«, schrieen alle. »Du gehst nicht kaputt.«

»Du gehst bestimmt nicht kaputt. Wir kommen morgen zu das nette Zweibeiner und sehen Bruno wieder«, sagte Eddie.

»Wenn Ihr meint«, erwiderte Carlo und schlief ein.

»Eddie?«, flüsterte Winnie fragend.

»Ja?«

»Bist Du sicher, Eddie, dass wir zu das nette Zweibeiner kommen?«

»Wohin sollen wir sonst kommen, Winnie?«, antwortete Eddie und schlief auch ein.

Winnie hörte auf sich, sich von einer Seite zur anderen zu wälzen, um die schlafenden Ferkel nicht zu stören, aber seine Gedanken kamen nicht zur Ruhe.

Würden sie morgen wirklich zu das nette Zweibeiner kommen? Würde er Bruno wiedersehen? Was war mit dem Schlachthof? Gab es einen Schlachthof oder nicht? Und was war das eigentlich, ein Schlachthof? War Mami dort oder war sie auf einer Wiese? Warum hielt das Bauer sie eingesperrt? Baute es sie wirklich wie Karotten an? Wieso konnten sie nicht wie Linda im Wald und auf der Wiese leben? Linda, die ihn im Traum getröstet hatte. Was war mit das Jäger? Warum gab es das? Warum gab es das Mensch und das Bauer? Warum das Zweibeiner? Diese Gruppe, die überall gleichzeitig sein konnte. Warum war das Zweibeiner zu Hunden so nett und zu ihnen nicht?

Sind Schweine weniger liebenswerte Lebewesen als Hunde?

Winnies Gedanken verschwammen mehr und mehr, seine Augen fielen zu und er schlief endlich ein.

Im Morgengrauen kam das Bauer und machte Licht an.

»So, Ihr Schweine«, sagte es, und dann kamen andere Zweibeiner und begannen, die Ferkel aus ihren Boxen zu treiben. »Frühstück gibt es für Euch heute nicht, das Geld kann ich mir sparen«, sagte das Bauer und lachte.

Winnie, Eddie, Carlo, Pit und der Rest der Schweine hatten sich in einer Ecke zusammengedrängt.

»Müssen wir wirklich gehen?«, fragte Carlo. »Ich habe Angst.«

»Ich auch. Ich auch«, sagten andere und drängten sich noch enger aneinander.

»Ich habe auch Angst«, sagte Eddie und schaute aufmunternd zu Winnie, »aber, hey Leute, so schön ist es hier auch nicht. Es kann nur besser werden.«

Winnie war sich nicht sicher, ob das stimmte. Zu viele Gedanken waren ihm in der Nacht durch den Kopf gegangen. »Und wenn wir nicht zu das nette Zweibeiner kommen?«, fragte er.

Das Bauer war in der Zwischenzeit zu ihnen in die Box geklettert. »Los, los, der Transporter wartet nicht«, rief es und plötzlich spürte Winnie an seiner Hinterbacke einen stechenden Schmerz, der ihn vor Schreck vorwärts gehen ließ. »Los, beweg Dich«, hörte er und spürte wieder den Schmerz. Er schaute sich um und sah einen kleinen Gegenstand, den das Bauer in der Hand hielt und ihm an die Hinterbacke drückte. »Ja, ich weiß, eigentlich ist der elektrische Treiber verboten, aber solange HappyPig den verkauft ...«

»Ihr könnt jetzt«, unterbrach ein anderes Zweibeiner das Bauer und öffnete von außen die Türe ihrer Box.

Die ganze Stallgasse war voller Schweine, die vorwärts geschubst wurden. Winnie bekam noch einen Schlag auf die Hinterbacke und konnte nicht verhindern, aus der Box geschoben zu werden. »Eddie«, schrie er, »wo bist Du?«

»Hier«, antwortete Eddie direkt neben ihm.

»Siehst Du, ob die Stalltür offen ist?«, fragte Winnie.

»Ja, sie ist offen«, sagte Eddie, »und an der offenen Tür ist eine Rampe.«

Überall in der Stallgasse waren Schweine. Die beiden Freunde hatten Mühe, sich in dem Gedrängel nicht aus den Augen zu verlieren.

Plötzlich hörten sie einen Schrei.

Es war Carlo, der schrie. »Silvie, warte!« Carlo stieß alle, die ihm im Weg standen, beiseite und versuchte, Silvie zu erreichen.

»Huhu Carlo, Du bist ja auch da«, rief Silvie von weiter vorne.

Eddie lachte. »Siehst Du, es wird alles gut. Auch Silvie kommt zu das nette Zweibeiner.«

Mittlerweile waren sie durch die offene Stalltür gedrängt worden. Sie standen in der Sonne und kniffen die Augen zu. Achtzehn Wochen hatten sie kein Tageslicht gesehen. Das Licht schmerzte in den Augen. Sie blieben stehen, um sich daran zu gewöhnen, aber das Zweibeiner drängte sie weiter.

Winnie schaute sich um. Dort war die Wiese. Die Wiese, die er bei seiner Ankunft gesehen hatte. Wie viel Zeit war seither vergangen. Er hatte die Wiese beinahe vergessen. Wunderschön lag sie da im Licht. Grünes Gras und bunte Blumen wiegten sich unter dem hellen Sommerhimmel.

Winnie schnürte es die Kehle zu. Er hätte laut schreien können vor Sehnsucht, doch er wurde weiter geschoben und die Wiese verschwand aus seinem Blickfeld.

»Was heulst Du denn?«, stupste Eddie ihn an, »komm weiter.«

Tränenblind stolperte Winnie Richtung Rampe weiter.

Wieder ein Schrei. »Silvie!« Carlo kam von hinten angerannt. Er hatte alle beiseite gestoßen. Silvie war schon im Transporter und Carlo wollte zu ihr. »Warte«, schrie er und preschte vorbei.

Der Rest der Ferkel erschrak und rannte ebenfalls los. Alle rannten Carlo hinterher.

Das Bauer lachte. »Geht doch«, sagte es und zog hinter ihnen die Rampe hoch.

»Weißt Du, was ich gesehen habe?«, fragte Eddie, als alle Ferkel verladen waren.

»Was?«, sagte Winnie, der wieder einen Platz an einer Luftklappe gefunden hatte. Hundertfünfzig Ferkel standen dicht an dicht und es war nicht so leicht gewesen, einen Platz an einer Luftklappe zu finden. »Was hast Du gesehen?«

»Außen auf dem Transporter stand HappyPig.«

»Von mir aus.« Winnie war die Beschriftung des Transporters im Moment vollkommen egal. Er hatte Angst.

Eddie schien keine Angst zu haben. »HappyPig, Winnie, die Fabrik für glückliche Schweine, die fährt uns jetzt zu Bruno.«

Winnie antwortete nicht. Er konnte durch den kleinen Schlitz am Schieber der Luftklappe das Gebäude des Schweinemaststalls sehen.

Er sah, wie das Bauer mit einem fremden Zweibeiner sprach. Wie sie lachten und sich die Hände gaben. Er sah, wie das Zweibeiner zur Fahrerkabine ging und er spürte, wie der Motor angelassen wurde. Jetzt war es soweit. Sie fuhren los. Winnie hatte große Angst.

Sie rumpelten über den holprigen Weg, auf dem sie vor achtzehn Wochen angekommen waren. In der Kurve, die der Weg machte, fanden hundertfünfzig Ferkel auf dem blanken metallenen Boden keinen Halt und purzelten schreiend übereinander. Als sie wieder auf ihren Füßen standen, fuhr der Transporter schneller. Winnie sah eine lange Straße. Im Transporter war es heiß.

»Sind wir schon auf der Autobahn?«, fragte Eddie.

»Nein, wir fahren nicht auf der Autobahn«, erwiderte Winnie. »Da ist nur eine lange Straße.«

Plötzlich fingen die Ferkel an zu kichern.

»Guck mal, wie süß«, sagte eins.

»Muss Liebe schön sein«, sagte ein anderes.

Winnie wollte sich umdrehen. Es ging nicht. Er war an seinem Platz an der Luftklappe eingekeilt. »Wieso kichern alle?«, fragte er Eddie, der ebenfalls eingekeilt war, aber so, dass er sehen konnte, warum die Ferkel kicherten.

»Carlo und Silvie«, antwortete Eddie.

»Was ist mit denen?«

»Die stehen Rüsselchen an Rüsselchen und schauen sich verliebt in die Augen.«

Winnie versuchte wieder, sich umzudrehen. Er drückte seine einhundertdreißig Kilo gegen die ihn umgebenden Ferkel und löste damit ein heilloses Durcheinander aus.

Einige Schweine kletterten vor Schreck anderen auf den Rücken. Einige stolperten, fielen hin und konnten nicht mehr aufstehen. Dazu fuhr der Transporter gerade wieder eine Kurve und das Durcheinander wurde noch größer.

Das Kichern hatte aufgehört.

»Hoffentlich sind wir bald da«, sagte Eddie.

Aber die Straße war lang. Sehr lang.

Sie fuhren und fuhren und im Transporter wurde es immer heißer.

Draußen war Hochsommer. Die Schweine hatten Durst.

Es gab zwar eine Wassertränke, aber so eng aneinander gekeilt wie sie standen, konnte keines der Schweine die Tränke erreichen.

Durch das Gewackel in den Kurven hatten sich manche schon übergeben. Andere hatten Pipi und Kaka auf den Boden gemacht. Es stank. Es war heiß und stank.

Die Straße nahm kein Ende.

Winnie hatte auch Durst. Und Angst. Alle hatten Durst und Angst. Es stank im ganzen Transporter nach Durst und Angst. Aber sie fuhren und fuhren.

Auf einmal gab es in der Mitte Geschrei. »Er ist tot«, schrie ein Ferkel, »er ist einfach kaputtgegangen. Er ist tot.«

Winnie hoffte, dass es nicht Carlo war.

In der Mitte gab es wieder Geschrei. »Der auch. Der ist auch tot. Hier ist noch einer«, schrie ein anderes Ferkel. »Ich muss hier raus, lass mich hier raus.«

Hundertfünfzig Schweine gerieten in Panik. Alle wollten aus dem Transporter heraus. Sie schrien und warfen ihre schweren Leiber gegeneinander und bissen sich. Aber sie waren eingeschlossen.

»Eddie«, schrie Winnie. Sein Herz klopfte so laut, dass er dachte, es müsse im ganzen Transporter zu hören sein. »Bist Du sicher, dass wir zu das nette Zweibeiner fahren?«

Eddie antwortete nicht.

Winnie hielt seine Nase an den Luftschlitz und hoffte, dass Eddie nichts passiert war. Mehr konnte er nicht tun.

Die Panik beruhigte sich langsam wieder und eine Art Lethargie bemächtigte sich der Tiere. Sie schrien nicht mehr und traten und bissen nicht mehr. Sie waren einfach im Transporter und wurden gefahren.

Sie wurden lange gefahren. Irgendwann ging es wieder über einen holprigen Weg und der Transporter kam zum Stehen. Der Motor ging aus, die Rampe öffnete sich und frische Luft strömte herein.

Die Schweine standen und lagen in ihrem Schmutz, eng zusammengedrängt in Angst, und wussten nicht, was jetzt mit ihnen geschehen würde.

»Los, los, bewegt Euch«, rief ein Zweibeiner und trieb sie aus dem Transporter. Nach und nach lichtete sich das Gedrängel.

Winnie konnte sich wieder bewegen und umdrehen.

Eddie lag auf dem Boden.

»Was ist mit Dir?«, stupste Winnie ihn an. »Steh auf, wir sind da.«

Eddie öffnete seine Augen. »Was ist passiert?« fragte er.

»Wenn ich Tierarzt wäre, würde ich sagen, Du warst ohnmächtig und hattest einen Kreislaufkollaps.«

»Danke für die Diagnose«, sagte Eddie und stellte sich auf seine Füße. »Soll ich bar oder mit Karte bezahlen?«

Winnie lachte. Er war froh, dass Eddie nichts passiert war. »Hast Du Carlo gesehen?«, fragte er.

»Da ist er doch«, erwiderte Eddie. »Der läuft gerade mit Silvie die Rampe hinunter.«

»Carlo«, rief Winnie. »Huhu, Carlo.«

Carlo drehte sich um. »Da sind zwei kaputtgegangen«, sagte er, »ich bin nicht kaputtgegangen. Ich wusste doch, dass das nicht geht.«

Winnie war froh, dass auch Carlo nichts passiert war. »Die hatten bestimmt ein Herzgeräusch«, sagte er.

Eddie stieß Winnie in die Seite. »Hören Sie mal, Herr Doktor, können wir aus dem Transporter gehen, wissen Sie, so schön war diese Fahrt nämlich nicht.«

Zusammen liefen die Freunde die Rampe hinunter.

Vor ihnen war ein großes graues fensterloses Gebäude mit einem offenen Tor. Einige der Schweine waren schon durch das Tor in das Gebäude getrieben worden.

»Das nette Zweibeiner hat aber ein großes Haus mit viel

Platz für alle Schweine«, staunte Eddie.

»Ja«, sagte Winnie, »ein richtig großes Haus.« Irgendwie erinnerte ihn dieses Haus an einen Traum, den er einmal gehabt hatte. Er wusste nur nicht mehr, welcher Traum das gewesen war.

»Und da, guck mal«, rief Eddie, »die schöne Wiese. Die Ferkel auf der Wiese.«

Winnie schaute sich um. »Ich sehe keine Wiese.«

»Na da, die Wiese auf dem Bild. Auf dem Bild, das am Haus hängt.«

»Das ist doch dasselbe Bild, das auf dem Aufkleber von HappyPig ist«, erwiderte Winnie.

»Das Bild von den lachenden Ferkeln. Das kennen wir doch. Schön, dass es hier hängt«, sagte Eddie, »ich fühle mich dadurch schon wie zuhause. Komm, lass uns Bruno suchen, der muss hier irgendwo sein.«

»Na ja«, murmelte Winnie und stapfte hinter Eddie her. Sie gingen zum Tor.

Der Weg zum Tor ging leicht bergauf.

Schweine gehen gerne bergauf.

Im Gebäude war Dämmerlicht und es roch komisch. Ein Zweibeiner schob sie in einen Käfig, in dem schon Carlo und Silvie, Pit und andere Ferkel waren. Sie hatten genügend Platz, um sich hinzulegen und auszuruhen.

»Ist ganz gemütlich hier«, sagte Eddie und streckte sich lang auf dem Spaltenboden aus.

Etwas kam von oben, das die Ferkel nicht kannten, was sich aber wunderbar anfühlte. Regen. Warmer gemütlicher weicher Regen. Schnell bildeten sich Pfützen.

»Endlich haben wir eine Pfütze«, rief Pit und legte sich

mitten in eine hinein. »Herrlich«, rief er und suhlte sich vor Vergnügen von rechts nach links.

Die restlichen Ferkel taten ihm nach und entspannten sich. Carlo und Silvie lagen aneinander geschmiegt in der warmen Pfütze und strahlten sich an.

Selbst Winnie kam zum ersten Mal seit Stunden wieder zur Ruhe.

»Hier gefällt es mir besser als im Schweinemaststall«, rief Eddie. »Wir haben genug Platz und es gibt eine Pfütze. Ja, das gefällt mir.«

»Ich gucke mal kurz nach, ob ich Bruno sehe«, sagte Winnie und kletterte das Gitter hoch. »Hier sind auch tausend Schweine«, sagte er und kletterte wieder herunter. »Was macht das nette Zweibeiner mit tausend Schweinen? Die kann es doch nicht alle streicheln.«

»Bestimmt hat es Freunde, die uns streicheln«, erwiderte Eddie.

»Wer ist dieses nette Zweibeiner, von dem Ihr redet?«, fragte Silvie.

»Es war bei uns, als Bruno den Computer kaputt gemacht hat, und hat uns erzählt, dass es Schweine hat, die im Meer leben. Wir sind seine Lieblingstiere«, antwortete Winnie.

»Und das ist meine Lieblingspfütze«, warf Pit ein, »hier gehe ich nie wieder raus.«

Alle Ferkel lachten. Irgendwie war ihr Leben auf einmal so leicht und unbeschwert geworden. Sie hatten die Fahrt in dem heißen Transporter gut überstanden, sie waren bei das nette Zweibeiner angekommen, sie konnten sich in einer Pfütze suhlen, Carlo und Silvie hatten sich wieder gefunden und gleich würden sie Bruno treffen.

Auch Winnie war froh, dass sie hier waren. Er lag neben Eddie auf dem warmen Boden und fühlte sich wohl.

Er dachte an Linda. Wie es ihr wohl ging und ob sie und ihre Kinder sich gut vor das Jäger verstecken konnten. Dann fiel ihm seine Schwester Prinzessa ein. Musste sie in einer Abferkelbox leben? Hoffentlich nicht. Sie hatte das nie gewollt. Winnie hoffte, dass sie glücklich war. Auch an Theo dachte er. Seinen Bruder, der so früh gestorben war. Und er dachte an Mami.

Am meisten dachte er an Mami. Er wünschte sich, dass sie nicht mehr traurig war.

»Mir knurrt der Magen«, unterbrach Eddie Winnies Gedanken, »hat einer schon zufällig den Futterautomaten entdeckt?«

»Stimmt«, rief Pit und erhob sich aus seiner Pfütze. »Ich habe auch Hunger.«

»Das Bauer hat uns kein Frühstück gegeben«, sagte ein anderes Ferkel vorwurfsvoll.

»Bruno hätte bestimmt die Box kaputt gemacht«, lachte Winnie und stand ebenfalls auf. Alle standen auf.

»Na, wartet Ihr schon auf mich?«, fragte ein Zweibeiner und öffnete die Tür ihres Käfigs. »Ihr seid jetzt dran.«

Sechs Ferkel schubste das Zweibeiner aus dem Käfig. Silvie, Pit, Eddie, Winnie und zwei andere Schweine.

»Nein«, schrie Carlo und drängte mit zur Tür.

»Du bleibst noch hier«, sagte das Zweibeiner und wollte Carlo zurück in den Käfig drücken. »Du kommst gleich dran.«

»Ich bleibe nicht hier. Ich gehe mit Silvie.« Carlo ließ sich nicht zurückdrücken und rannte durch die Beine des

Zweibeiners zur Tür. »Du verbietest mir nicht, mit Silvie zu gehen, Du Blödmann, Du nicht.«

Die Ferkel staunten. So kannten sie Carlo gar nicht.

»Schmeiß ihn um, den Blödmann«, rief Eddie.

»Ja, schmeiß ihn um. Schmeiß ihn um«, riefen alle.

Das Zweibeiner hörte die Schweine grunzen und ärgerte sich. Es nahm denselben kleinen Gegenstand in die Hand, den das Bauer Winnie auf die Hinterbacke gedrückt hatte.

»Pass auf, Carlo«, schrie Winnie.

Aber Carlo war schon durch die Tür gelaufen und stand neben Silvie. »Das Mensch versteht nichts«, sagte er ruhig, »nichts von dem, was wirklich wichtig ist.«

»Vielleicht will es nicht verstehen«, sagte Winnie.

Das Zweibeiner schob eins von den anderen Schweinen in den Käfig zurück. »Ist mir doch egal«, brummte es.

Zu sechst wurden sie jetzt durch einen Gang getrieben. Vorne liefen Pit und das andere Ferkel, in der Mitte Carlo und Silvie und hinten Eddie und Winnie.

Der komische Geruch, der im ganzen Gebäude war, wurde stärker.

»Hoffentlich gibt es jetzt Essen«, sagte das Ferkel, das sich über das fehlende Frühstück beschwert hatte.

»Das hoffe ich auch«, sagte Pit und lief schneller.

Carlo und Silvie gingen eng aneinandergeschmiegt. »Ich habe keinen Hunger«, Carlo schaute Silvie zärtlich in die Augen, »ich könnte für immer so gehen.«

»Es riecht komisch«, sagte Eddie.

»Es riecht wie im Transporter.« Winnie hob den Rüssel hoch in die Luft und schnupperte.

»Es riecht nicht wie im Transporter«, erwiderte Eddie, »es riecht wie am Auspuff des Transporters.«

»Was ist ein Auspuff?«, fragte Pit.

»Ein Rohr hinten am Transporter, aus dem giftiges Gas kommt«, erklärte Eddie.

»Giftiges Gas?« Winnie lachte. »Für dieses giftige Gas aus dem Transporter hat das Zweibeiner bestimmt auch eine Schutzverordnung.«

»Aber nur für Anwohner und Anwohnerinnen.« Eddie fiel in Winnies Lachen ein. »Es hat doch für alles eine Verordnung. Wahrscheinlich hat es auch eine, in der steht, wie Schweine zu netten Zweibeinern gebracht werden müssen.«

»Die Tierschutztransportverordnung«, riefen Winnie und Eddie gleichzeitig und lachten lauter. »TierSchTrV.« Sie konnten sich vor Lachen kaum auf den Beinen halten.

»Hat es auch ein Gesetz, in dem steht, dass Schweine, die sich lieben bis zum Tod nicht mehr getrennt werden dürfen?« Carlo war an einer Tür stehen geblieben und drehte sich zu Winnie und Eddie um.

»Bestimmt«, antwortete Silvie und schmiegte sich an Carlo. Silvie war ebenfalls an der Tür stehen geblieben.

Die Tür sah aus wie der Eingang zu einem großen Fahrstuhl. Die Ferkel, die keinen Fahrstuhl kannten, schauten sich neugierig um. Die Tür zu dem Fahrstuhl öffnete sich und das Zweibeiner trieb sie hinein.

»Vor uns sind schon andere Schweine hier gewesen«, sagte das Ferkel, das neben Pit gelaufen war. »Ich kann das riechen.«

»Bestimmt war Bruno vor uns hier und hat gepupst.« Winnie musste immer noch lachen. »Mein dicker Bruder hat wirklich geglaubt, dass Immission die Luft ist, die wir aus seinem Pups einatmen.«

Alle lachten. Sogar Carlo und Silvie lösten ihre Augen voneinander und lachten.

»Ich freue mich auf Bruno«, sagte Eddie.

»Ich freue mich auch«, sagte Winnie.

Das Zweibeiner schloss hinter den Schweinen die Tür.

Im Fahrstuhl war es dunkel, aber vor Dunkelheit hatten die Ferkel keine Angst.

Sie schrien erst, als der Fahrstuhl sich in Bewegung setzte. Er fuhr nach unten und hielt nach wenigen Metern an.

Alle waren still und warteten.

Der Auspuffgeruch wurde stärker.

Die Schweine standen im Dunkeln und warteten.

»Winnie?« Eddies Stimme klang heiser.

»Ja?« Das Sprechen fiel Winnie schwer. Ihm war übel.

Der Auspuffgeruch wurde immer stärker.

»Winnie, werden wir jetzt gepflückt?« Eddies Stimme klang müde. Unendlich müde.

»Ja, Eddie, ich glaube, wir werden jetzt gepflückt.« Auch Winnie war unendlich müde.

Er hörte, wie Carlo und Silvie neben ihm umfielen

»Winnie?« Eddies Stimme war sehr weit entfernt.

»Ja?« Das Sprechen war so mühsam.

»Leb wohl, Winnie, Du warst mein bester Freund.«

»Du auch, Du warst auch mein bester Freund, Eddie«, sagte Winnie mit letzter Kraft.

Und dann bekam er keine Luft mehr.

Der Auspuffgeruch war jetzt überall.

Er hörte, wie neben ihm Pit und das andere Ferkel umfielen.

»Werden Schweine immer im Dunklen gepflückt?«

Eddies Stimme war jetzt wie in einem Traum.

Winnie konnte Eddie nicht mehr antworten.

Er hörte, dass Eddie umfiel und dann fiel er auch.

Der Fahrstuhl setzte sich wieder in Bewegung und fuhr nach oben. Die Tür öffnete sich und frische Luft strömte herein.

Aus einem Augenwinkel sah Winnie, wie ein Zweibeiner Eddie aus dem Fahrstuhl zog und an den Hinterbeinen kopfüber auf einen Haken hängte.

Eddie baumelte bewusstlos davon.

Und einen Moment später hing Winnie am Haken und sah ein Messer aufblitzen und fühlte einen unermesslichen Schmerz an seiner Kehle.

Aber plötzlich war Mami da. Sie wartete auf ihn.

Sie wartete in einem hellen und tröstlichen Licht.

»Mami, Mami«, rief Winnie.

»Winnifred, mein Schatz, mein Engel, mein kleiner Letztgeborener, da bist Du ja endlich.«

Befreit sprang Winnie davon und lief in das Licht.

Einen Wimpernschlag später
vielleicht aber auch lange danach
Wer von uns Zweibeinern
kennt schon das Rätsel der Zeit

»Oh Mann, ist das verdammt eng hier.«
Seit Stunden wurde der Kleine vor-wärtsgeschoben und rhythmisch zu-sammengequetscht. Es war dunkel. Neun Monate war er, von einer zarten Blase umhüllt, vor sich hin gewachsen und nichts hatte ihn eingeengt.

Er strampelte mit seinen Beinchen. Gerade aber schob ihn die Kraft wieder vorwärts und die Beine wurden ihm an den Leib gedrückt. Er konnte nichts dagegen tun.

»Was ist das bloß für ein Mist«, dachte er.

Es wurde noch dunkler und langsam bekam er Angst.

Irgendetwas war anders als bisher. Ganz und gar und entschieden anders.

Jetzt wurde er in einen engen Tunnel geschoben. Dass so etwas passieren würde, hätte er sich niemals vorstellen können. Er bekam kaum mehr Luft. Und Luft hatte er in seinem bisherigen Leben immer genug bekommen, aber die Astronautenschnur, wie er den silbernen Schlauch an seinem Bäuchlein bei sich nannte, wurde nun auch eingequetscht. Die Kraft wurde stärker und stärker. Er wehrte sich, aber schon war er mitten im Tunnel und eingeschnürt wie ein zu fest gebundenes Paket. Oben und unten und rechts und links, überall nur schwarzer Tunnel. Kein Entkommen.

»Das war´s dann wohl«, dachte er, und dann dachte er noch kurz an eine Sehnsucht, die ihn schon immer be-gleitete. Er sehnte sich mit seinem ganzen kleinen Herzen nach seiner Mami. Er kannte sie zwar noch nicht, aber er wollte sie so gerne kennen lernen. Er versuchte noch nach ihr zu rufen, aber mittlerweile waren auch seine Lungen eingequetscht.

Jetzt hatte er richtig Angst.

Er wollte nicht sterben, doch die Kraft schob ihn unaufhörlich weiter und weiter, und plötzlich platzte die zarte Blase, warmes süßes Wasser rann ihm über die Haut und lauthals schreiend begrüßte er die Welt.

»Da bist Du ja endlich«, sagte seine Mami und streckte die Arme nach ihm aus. »Ich habe mich schon so nach Dir gesehnt.«

»Was war das denn für eine Höllenfahrt«, wollte er sagen, aber seine Lungen waren noch nicht fertig entfaltet und so hörte man nur ein zartes Quäken.

Die Hebamme klemmte die Nabelschnur ab, wickelte ihn in ein Tuch und legte ihn, nass und zerknautscht wie er war, seiner Mutter auf den Bauch. »Wie soll der kleine Mann denn heißen?«, fragte sie.

»Er soll Wilfried heißen.«

»Wilfried? Was für ein außergewöhnlicher Name.«

»Ja«, sagte Mami, »er soll Wilfried heißen. Der Name Wilfried bedeutet der Entschlossene und der, der für den Frieden kämpft. Ich wünsche mir, dass mein Sohn, wenn er erwachsen ist, für den Frieden kämpfen wird.«

»Wie schön«, erwiderte die Hebamme.

Wilfried suchte jetzt irgendetwas, strampelte mit seinen Beinchen und wollte sich in Bewegung setzen, aber Mami hatte ihn wortlos verstanden und schon an ihre Brust genommen.

Der kleine Mensch dachte noch kurz an das wunderbar helle und tröstliche Licht, das er vor seiner Höllenfahrt gesehen hatte, und dann dachte er nichts mehr und wurde furchtbar müde und schlief ein. Als er wieder erwachte, hatte er das Licht vergessen.

Später, sehr viel später, Wilfried war schon erwachsen, fiel ihm das Licht wieder ein, und er begann zu begreifen, dass die Erde nicht nur dem Menschen, sondern allen Lebewesen, die auf ihr wohnen, gehört und ihm kam der Gedanke, dass – und wenn auch nur aus diesem Grund - alle auf der Erde wohnenden Lebewesen das gleiche Recht auf ein glückliches Leben haben und keines wie eine Karotte angebaut und gepflückt werden darf.

Und dieser Gedanke war doch zumindest schon mal ein guter Anfang.

Weitere Bücher der Autorin:

Fräulein Spatz will nach Rom, um die Römer zu fragen,
warum sie kein Dach über das Kolosseum gebaut haben
2017 BoD

Andere Bücher der Autorin:

2000 „Kösel´s Baby-Lexikon"
Kösel-Verlag

2004 "999 Fragen rund ums Kind"
Gondrom-Verlag

2006 "Single Mama"
Drömer-Knaur-Verlag

2006 "Kostbare grünbraunblau gesprenkelte Sterne"
Diametric-Verlag

2008 Übersetzung des Baby-Lexikons
Grada-Verlag, Prag

2016 "Hilfe, meine Hebamme ist weg"
Bod